HaffmansTaschenBuch 104

W0288266

CONNY LENS

Casablanca ist weit

EIN STEELER-STRASSE-KRIMI

HAFFMANS VERLAG

Für Gaby

Erstausgabe
Veröffentlicht als
HaffmansTaschenBuch 104, Frühling 1991
Konzeption und Gestaltung von
Urs Jakob
Umschlagzeichnung von
Gerd Bauer

Alle Rechte vorbehalten
Copyright © 1991 by
Haffmans Verlag AG Zürich
Herstellung: Brodard et Taupin, La Flèche
ISBN 3 251 01104 9

1 2 3 4 5 6 – 95 94 93 92 91 90

Dabei sind diesmal:

Chris Ullmann	die eine neue Frisur bekommt und ihr Auto verliert
Wolli Schröder	der eine Allergie gegen Sträucher bekommt und seine Wohnung verliert
Benno Korn	der seinen Nachbarn sucht und dabei ein »heißes Eisen« findet
Trude Lesniak	die ihren Sohn wiederhaben will. Kein »heißes Eisen«
Harald Lesniak	der auf der ersten Seite umgebracht wird und deshalb nicht vorkommt
Sonja Lehmann	die ihn umgebracht hat, um ein großes Geschäft zu machen
Dieter Bieräugl	der sich Marcel nennt und bei ihrem großen Geschäft mitmischt
Heinz-Georg Willming	der »ein Mensch ist wie du und ich«
Oma Lene	die ganz hervorragende Wirsing-Rouladen macht
Verena Schröder-Wurmspiel	die vergeblich auf ihr Geld wartet
Anna	die Angst vor Exhibitionisten hat
Gerd-Uwe	der gar keiner ist, aber einen Computer besorgen kann
Fiffi Mausthaler	der sich in Casablanca auskennt
und Lord Pips	der ... Na, was schon?

Sonja Lehmann traf die letzten Vorbereitungen zu seinem Tod. Ließ sich viel Zeit damit. Jetzt kam es auf ein paar Stunden auch nicht mehr an.

Es sollte ein unblutiger Tod werden. Harald würde nicht leiden, wie es in Romanen so schön heißt. Im Gegenteil, für ihn würde das Leiden endlich aufhören. Was hatte er denn vom Leben zu erwarten? Nichts.

Du erlöst ihn, wenn du es machst. Für immer.

»Erlösen durch Auflösen.« Es stimmte. Er würde sich auflösen. Ohne die geringste Spur zu hinterlassen. Nicht das kleinste Teilchen würde von ihm übrigbleiben.

War das der perfekte Mord? Aber sicher.

Du hast alles genauestens geplant, jede Eventualität, jede Kleinigkeit. Einfach alles. In solchen Dingen bist du peinlich genau. Noch nie hast du etwas dem Zufall überlassen.

Ein Blick auf die Uhr. Eine Stunde noch, dann gab es ihn nicht mehr. Kein Harald, der irgendwelche Forderungen stellte, bloß weil er existierte. Damit war nun Schluß. Und das Geld ... das Geld bekam sie. Sie allein.

Ihre Hand zitterte beim Anzünden der Zigarette.

Eine Woche vielleicht noch. Lächerliche vier, fünf Tage. Dann war es soweit. So nah.

»Fünfzigtausend.« Ein Dutzend Mal hatte sie dieses Wort ausgesprochen. Genoß es immer noch, wurde es nicht leid.

Fünfzigtausend, die ihr all das ermöglichen würden, was sie seit Jahren ersehnte. Fünfzigtausend cash.

Ein gutes Geschäft. Und so sicher. Niemand konnte dahinter sie vermuten. Denn angebahnt hatte er die Sache. Harald. Sozusagen als Vermächtnis, als sein ganz spezielles Abschiedsgeschenk an sie.

»Fünfzigtausend.« Ein Riesenschritt auf das lange herbeigesehnte Ziel. Ein Leben ohne Zwänge. Ein Leben wie jede andere Frau.

Gab es einen besseren Grund, ihn umzubringen? Dieses verhaßte Wesen endlich loszuwerden? Wie lang sie davon geträumt hatte, ihn aus ihrem Leben zu streichen. Ihn zu vernichten, ein für allemal.

Sie griff in ihre Tasche und zog die kleine Pillen-Dose hervor. Es war soweit.

****

»Iss doch ne Sauerei! Wat können denn die kleinen Robben und Vögel dafür, dat andere Leute ihr Giftzeuch int Meer kippen?«

»Richtig, Oma Lene«, sagte Schröder und lud sich begeistert die dritte Wirsing-Roulade auf den Teller.

»Oder mit de Tanker zusammenstoßen, weil die Kapitäne en ganzen Tach am Saufen sind. Verbrechers sind dat. Um so welche solltesse dich lieber kümmern.«

Irmchen spülte mit Selters nach. »Da kommt so ein kleiner Kacker wie Wolli doch gar nicht ran.«

Schröder hielt mitten im Kauen inne.

»Was ich damit sagen wollte . . .« beeilte Irmchen sich.

»Und inne Ostsee kann man überhaupt nich mehr baden. Habt ihr dat im Fernsehn gesehen, gestern abend? Da gibtet bald nur noch diese Dinger, diese . . ., na! getz komm ich nich drauf.«

»Heute morgen ist ein Brief von Verenas Anwalt gekommen«, sagte Schröder in Bennos Richtung.

»Algen«, half Irmchen der Oma.

»Ja, so wat. Iss dat denn richtich? Dicken, sach doch auch ma en Ton. Dat iss doch nich richtig.«

Benno aß mit geschlossenen Augen, wie immer, wenn er was ganz Feines bekam. Und gab es etwas Besseres als die

Wirsing-Rouladen von Oma Lene? Er öffnete ein Auge. »Nein, das ist nicht richtig. Ob ich vielleicht noch eine haben kann? Eine winzigkleine?«

»Seit wann wird bei mir am Tisch gefracht?« Oma Lene nahm zwei von den grünumwickelten Ungetümen aus der Kasserolle und hievte sie ihm auf den Teller.

»Halt, eine reicht. Ich hab schon drei.«

»Dann passen da auch noch mehr rein.«

Benno überlegte nur kurz. Er nahm noch zwei Kartöffelchen dazu, bißchen braune Soße . . . »Welch ein Essen! Welch göttliche Frau an meiner Seite!« Beugte sich zu ihr und drückte ihr einen Kuß auf die faltige Wange.

»Bekloppten Hund.« Oma Lene wurde rot.

Irmchen lehnte sich zurück und knöpfte sich die Hose auf. »Puh! Ich kann nicht mehr. Junge, das war echt stark.«

»Hach, da fällt mir wat ein. Hannes hat mir heute son Formular vonne Sparkasse mitgebracht.«

»Was denn, Oma Lene? Schaffst du dein Geld ins Ausland? Die haben die Quellensteuer doch wieder abgeschafft.«

»Sei nich albern, Wolli. Hier, Irmchen. Füll mir dat doch ma aus. Ich komm mit son Kram nich klar.«

»Oha! Eine Spende an Greenpeace?«

»Wat gibt man da wohl? Da kann man ja nich so knauserich sein. Wenn ich an die Bilder im Fernsehn denk . . .«

Schröder schob ächzend seinen leeren Teller von sich. »Ich seh es vor mir: Oma Lene kettet sich an den Verklappungsdampfer.«

»Ein Wort noch, Schröder«, donnerte Irmchen, »und du bohrst dich in die Tür. Frißt dich bei Oma durch und machst dich auch noch lustig über sie.«

»Laß den Wolli man. Der tut doch nur so.«

»Um noch mal auf den Brief zu kommen . . .« Wolli startete einen zweiten Anlauf. »Der Anwalt setzt mir eine Frist von einer Woche. Wegen der monatlichen Knete. Ob ich da was unternehmen soll?«

»Bezahl endlich«, sagte Benno und drückte eine Kartoffel in die Soße.

»Ja, Mann! Darauf wäre ich auch selbst gekommen.«

»Wat meinze, ob zwanzich Mark genuch iss?«

Irmchen drückte die alte Frau an sich. »Klar, Oma Lene.«

»Wenn et nur hilft.«

Im Wohnzimmer bimmelte das Telefon.

»Wer kann dat denn sein? Am Sonntachabend?« Schon wieselte Oma aus der Küche. Zwei Laster hatte sie: Heimatfilme – dabei machte sie auch vor Luis Trenker nicht halt, im Gegenteil – und Neugier. Von den Heimatfilmen kriegte sie Augen, als würde sie Zwiebeln schälen. Von der Neugier rote Wangen.

»Gegen diese Frau«, dozierte Benno, »hat Wolfram Siebeck einen Geschmack wie ein ...«

»Iß für dich, Dicken.«

»Soll später anrufen. Ich esse.«

Man hörte ein Getuschel, dann tauchte Oma Lene mit glühenden Bäckchen in der Tür auf. »Die Frau Lesniak von gegenüber. Et wär sehr wichtich.«

»Nun heb dich schon vom Stuhl. Ist ja direkt ekelhaft, diese Freßgier«, hämte Schröder.

Benno seufzte angesichts seines Tellers, stand auf und stapfte ins Wohnzimmer. »Korn. Schönen guten Abend, Frau Lesniak.«

»Herr Korn!« Es klang wie ein Hilferuf. »Sie müssen ... ich weiß nicht mehr, was ich machen soll. Ich ... als ich gestern wiederkam und er war nicht da. ... Er ist immer noch nicht da. Herr Korn!« Es war ein Hilferuf.

»Wer?«

»Harald. Er ist weg!«

»Aha. Wissen Sie was, ich komme in fünf ... in zehn Minuten mal rüber zu Ihnen. Gut?«

»Ich bin Ihnen ja so dankbar, Herr Korn.«

»Das ist schön. Bis gleich.«

Unter den bohrenden Blicken der Hausherrin setzte er sich zurück an den Tisch und lud seine Gabel voll.

»Iss wat passiert?«

»Irgendwas mit einem Harald.«

»Jesus und Maria!«

»Ich weiß im Augenblick nicht mal, wer das ist.«

»Der Sohn«, erklärte Irmchen. »So ein bleicher Typ. Läuft immer in feinen Klamotten rum.«

»Ah ja. Erinnere mich.«

»Ist das Karamelpudding, Oma Lene?« fragte Schröder, der den Nachtisch entdeckt hatte.

»Vanillje.« Sie war nicht bei der Sache. »Iss der wech?«

»Sagt sie jedenfalls.«

Wolli rumorte im Geschirr. »Wo hast du denn kleine Teller?«

»Hol dir en Schüsselken ausem Schrank. Iss auch Schokeladensose da. Sie muß doch wat gesacht haben, Dicken.«

»Nur, daß er noch nicht zurück ist.« Die letzte Roulade hatte keine Zeit mehr gehabt, kalt zu werden. Er wischte sich den Bart und bog die massigen Schultern nach hinten, daß es krachte. »Oma Lene, deine Wirsing-Rouladen setzen neue Maßstäbe in der abendländischen Küche.«

»Iss ja gut. Wieso ist der Harald denn wech?«

»Keine Ahnung. Ich spring mal fix rüber. Kommst du mit, Wolli?«

»Mann, ich hab gerade Pudding.«

Das Haus der Lesniaks lag gleich an der Ludscheidtstraße, der unteren Einfahrt vom Birkenhof schräg gegenüber.

Haralds Mutter war Anfang sechzig. Ein Pummelchen in einem blauen, großgeblümten Sommerkleid. Ihre Augen sahen schlimmer aus als die von Oma Lene nach neunzig Minuten »Fischerin vom Bodensee«.

»Herr Korn!«

»Ganz ruhig, Frau Lesniak. Jetzt bin ich ja da.«

»Ja«, nickte sie hektisch. »Kommen Sie doch rein.«

Sie ging voran in ein unglaublich vollgestelltes Wohnzimmer. Benno zwängte sich zwischen Couchtisch und Sofa. Dabei blieb er an der Tischdecke hängen, zog sie in Falten und konnte gerade noch eine Vase mit dem Schildchen »echt Bleikristall« auffangen. Er stellte sie neben sich auf den Boden. »Bevor was passiert.«

Inzwischen musterte Frau Lesniak mit roten Augen den ratlos herumstehenden Wolli. Ihre Hände würgten ein Taschentuch.

»Das ist Herr Schröder, ein Freund von mir.«

»Hallöchen«, grüßte Wolli mit aufgesetzter Munterkeit. Das Verdauen der Rouladen nahm ihn offensichtlich voll und ganz in Beschlag.

»Er ist Detektiv.«

Das war zuviel für die gute Frau. Sie sank in einen Sessel und schluchzte gotterbärmlich. Benno sah zu Wolli, Wolli versuchte ein blasiertes Gesicht und mußte schlucken.

»Frau Lesniak«, sagte Benno vorsichtig. »Was ist mit Harald?«

»Er ... er ist weg. Seit gestern oder noch länger. Ich weiß nicht genau.«

»Weg?«

»Ja. Ich bin gestern mittag wiedergekommen. Da war er nicht da. Gut, hab ich gedacht, er wird in die Stadt gefahren ...« Sie preßte das Taschentuch an ihre Augen.

Schröder war wohl ein Tierchen ins Auge geflogen, er wandte sich ab und starrte krampfhaft in den Vorgarten.

»Als er abends nicht da war, hab ich meine Tochter angerufen. Manchmal fährt er ja zu ihr. Aber dann ist mir eingefallen, daß Waltraud gar nicht ...«

»Hat er das schon mal gemacht?«

»Nie. Er bleibt nie über Nacht weg. O Gott, hoffentlich ist ihm nichts passiert.«

»Vielleicht ist er bei Freunden«, räusperte Wolli sich.

»Er hat keine Freunde.«

»Keine?«

Frau Lesniak zog die Lippen zwischen die Zähne und schüttelte den Kopf.

»Überhaupt keine? Sie meinen, er hat überhaupt keine Freunde? Auch keine Perle?«

Sie blickte verständnislos drein.

»Er meint, ob Harald ein Mädchen hat«, dolmetschte Benno.

»Nein, ganz sicher nicht. Er ist so ein guter Junge.«

»Das muß sich nicht unbedingt widersprechen«, meinte Wolli.

Benno winkte ab. »Sie waren übers Wochenende nicht da?«

Mutter Lesniak nickte, ihre zitternden Mundwinkel kündigten ein neues Schluchzen an. »Mit dem Mütterkreis. In Holland. Wir waren in Venlo zum Einkaufen und in Amsterdam. Und auf dem Rückweg im Keu ...«. Die Mundwinkel hielten Wort. » ... kenhof.«

»Von wann bis wann?«

»Im Keukenhof?«

»Nein, überhaupt in Holland.«

»Freitagmorgen sind wir gefahren. Neun Uhr mit dem Bus von Werden, vom Markt aus. Gestern mittag war ich wieder zu Hause. Gegen eins. Ich hab den Bus nach Byfang genommen, der unten an der Hammerstraße hält und von da aus ...«

»Ich verstehe«, unterbrach Benno sie, bevor sie ihn mit dem Sommer-Fahrplan der EVAG vertraut machte.

»Das hat Harald noch nie gemacht. Noch nie in seinem Leben. Herr Korn, ihm wird doch nichts passiert sein?«

»Ach was. Passen Sie auf: Gleich schellt es und er kommt rein«, versuchte Wolli.

»Das klärt sich ganz harmlos auf«, meinte Benno. »Haben Sie mal Ihre Verwandten und Bekannten angerufen?«

»Gestern abend. Alle. Niemand wußte was über ihn.«

Wolli scharrte mit den Füßen über die Orient-Kopie. »Ist er vielleicht geschäftlich verreist? Was macht er denn beruflich?«

»Verreisen. Warum sollte er denn verreisen? Ohne mir was davon zu erzählen?«

Schröders Gesicht war zu entnehmen, daß ihm mehr als ein Dutzend Gründe einfallen würden.

»Was macht er denn beruflich?« wiederholte Benno Wollis Frage.

»Er ist Angestellter.« Sie sagte das nicht ohne Stolz. »Er hat einen guten Posten. Bei ›Chemo-Partner‹ in Essen.«

Hier in Werden sprach man immer noch von Essen, wenn man die Stadt meinte.

»Selbst wenn er verreist wäre ... Dann hätte er doch bestimmt seine Sachen mitgenommen. Aber es fehlt nichts.«

Am Fenster nahm Benno eine Bewegung wahr. Schröder stand mit einem Male ziemlich gerade. »Sagen Sie das noch mal.«

»Es fehlt nichts. Alles ist da. Seine Kleidung, alle Hosen, Hemden, Jacken. Die Wäsche, alles. Sogar seine Zahnbürste. Nur sein Auto hat er mitgenommen. Herr Korn, ob ihm ...«

»Sie müssen nicht gleich das Schlimmste denken. Lassen Sie uns bis morgen früh warten.«

»Bis morgen früh?« Sie sah ihn entsetzt an.

Wolli setzte sich zu ihr. »Für den Fall, daß er einfach versackt ist. Heute können wir sowieso nicht mehr viel machen.«

»Wir haben gleich sechs«, sagte Benno mit einem Blick auf die Wohnzimmeruhr, die wie ein Mikroskop unter einem Glassturz stand. »Viele Leute sind noch im Grünen. Da erreichen wir kaum jemanden, der uns einen Tip geben könnte.«

»Ja, wenn Sie meinen ...«

»Wissen Sie was, Frau Lesniak?« Schröder legte ihr eine Hand auf die Schulter. »Sie machen jetzt den Fernseher an, und ich sag Oma Lene Bescheid, daß sie ein bißchen zu Ihnen rüberkommt. Das Grübeln bringt eh nichts.«

»Ach nein, das möchte ich... Wie sieht das denn aus?«

»Hat Oma Lene selbst vorgeschlagen«, log Benno und sicherte sich damit Omas Sympathien und Abendessen für die nächsten fünf Jahre.

»Wenn das so ist...«

»So ist das«, strahlte Wolli und stand auf. »Ich werd dann mal die Bull... die Polizei anrufen.«

»Die Polizei?«

»Um sicherzustellen, daß er nicht in einen Unfall verwickelt worden ist«, erklärte Benno. »Aber dann hätte man Sie längst benachrichtigt. Er hat ja wohl seine Brieftasche dabei, oder?«

»Die war nicht in seinem Zimmer. Meinen Sie, die Polizei wüßte, wo er steckt?«

Schröder griff sich das Telefon. »Denen ist alles zuzutrauen, gell?«

****

Der Fiesta hustete sich kränklich an der »Schmerzhaften Mutter Maria« vorbei den Hügel hoch. Mit hundertachtundsechzigtausend gefahrenen Kilometern näherte er sich bedrohlich der Altersgrenze aller Kleinwagen. Noch ein paar Monate, und er konnte seiner Reinkarnation als Büchsenmilchdose entgegensehen.

»Ist sowieso Zone dreißig.«

Chris schaltete runter in den zweiten Gang, worauf der Motor ein gräßliches Knirschen von sich gab, das in einen Heulton überging. »Stellt sich an, als müßte er die Bergmeisterschaft gewinnen.«

Kurz hinter der Kirche ließ die Steigung etwas nach. Das Auto beschleunigte sportlich auf satte vierzig.

»Na also.«

Schön war es hier. Vereinzelte Häuser in blühenden Gärten, jede Menge Grün und Natur und Wald. Vor dem nächsten

Hügel bog sie links ab. Der Weg führte an einem Feld vorbei, auf dem die Gerste schon einen halben Meter hoch stand. Den weißgesprenkelten Bäumen, die ihn säumten, verdankte der Birkenhof seinen Namen. Fünfzig Meter weiter knickte der Weg in ein Wäldchen ein und mündete auf einer Lichtung.

»Wie im Märchen.«

Das langgestreckte Fachwerkhaus mit den grünen Blendläden war fast zu schön, um Wirklichkeit zu sein. Wenn man bedachte, daß knappe zwanzig Kilometer weiter in Huckingen die Mannesmann-Öfen kochten und dampften...

Unter der Kastanie vor dem Haus gingen Korn und Schröder ihrer Lieblingsbeschäftigung nach. Mit dem Sinn fürs Praktische hatte man die Weinkiste gleich ins Freie geholt.

Sie parkte vor der Scheune und war kaum am Tisch, als Schröder aus seinem Stuhl hochschoß.

»Christiane!« Er kam auf sie zu und lief um sie herum. »Ist nicht dein Ernst, oder?«

»Mein Gott, Schröder. Reg dich ab. Tach, Benno.«

Benno hob leger die Hand, ohne seine Pfeife aus dem Mund zu nehmen. »Neue Frisur?«

»Frisur?« Schröder rang sichtlich nach Luft. »Du siehst aus wie ein Golfplatz.«

»Ist vielleicht wirklich ein bißchen kurz geworden. Ich hatte mehr an Annie Lennox gedacht.«

»Christiane«, jammerte Wolli fassungslos.

»Komm, Schröder«, beschwichtigte Korn. »Hampel mir nicht vor dem Sonnenuntergang rum. Setz dich. Gläschen Wein, Chris?«

»Läuft ziemlich dick aus der Pulle, was?«

»Ein Insel-Samos. Der macht die Backen rot. Was dein Chef ist, der spricht ihm fleißig zu.«

»Laß mal fühlen.« Schröder strich ihr mit der flachen Hand über den Kopf. »Huh!«

»Mann, Wolli. Jetzt ist aber gut. Hock dich da hin und zieh dir deinen Samos rein. Wir sind doch nicht im Streichelzoo.«

Korn rumorte mit dem Arm in der Weinkiste und hob eine grüne Flasche hoch. »Lieber einen Franzlandwein?«

»Besser ist das. Na, Wolfgang? Kannst du wieder durchatmen?«

»Bleibt das für immer so?«

»Ekelst du dich vor mir?«

»Man wird ja wohl noch fragen dürfen, Ullmann. Falls . . .«

»Moment!« Benno donnerte seine Hand auf den Tisch, daß der Wein aus den Gläsern sprang. Schlagartig war es still. Kein Vogel im Baum traute sich zu piepsen. »Hier wird weder gestritten noch getobt. Und schon gar nicht mit ner Lady.«

Schröder nuschelte was, hob sein Glas aus der Pfütze und trank es knurrend leer.

»Nein, du hast angefangen«, verbesserte Chris.

Einen Moment lang herrschte eisiges Schweigen. Nur Bennos Paffen war zu hören.

Aus dem Geäst über ihnen drang zaghaft ein Piepton. Kurz darauf noch einer. Als immer noch nichts passierte, folgte ein vorsichtiges Test-Flöten. Und dann ging in der Kastanie wieder voll die Post ab.

»Willst du es ihr sagen, Wolli?«

»Heh?« Chris blickte von einem zum anderen.

»Nein, sag du es ihr.«

»Aber eigentlich wäre es deine Aufgabe.«

»Richtig. Unter anderen Umständen würde ich auch. Aber . . .«

»Vielleicht hast du recht.«

»Wolli!« Chris tat schon leid, daß sie ihn so angefahren hatte. »Ist was mit dir?«

Schröder grinste zahnstark.

»Warst du beim Arzt? Ist was mit deiner Leber?«

Das Grinsen erstarrte.

»Wir haben einen Auftrag«, sagte er wie nebenbei und goß sein Glas bis zum Rand voll. »Das heißt: Wenn der Typ bis morgen früh nicht auftaucht.«

»Ein Auftrag?« Vor Christianes geistigem Auge erschien ein Kontoauszug mit Haben-Saldo.

»Wir sind darüber eingekommen, das Ding über euer Büro laufen zu lassen«, sagte Benno gemütlich und ließ den Landwein in ihr Glas plätschern. »Auf gute Zusammenarbeit, Frau Ullmann.«

»Das geht durch die Gazetten, sag ich euch.« Wolli steckte sich eine Zigarette an und inhalierte weltmännisch. »Synergie nennt man so was. Wir konzentrieren unser Können zum größten kriminalistischen Potential in der Geschichte der Verbrechensbekämpfung in . . .«

Chris legte die Stirn in Falten.

». . . in Essen«, endete Schröder.

»Ich giere nach Details.« Sie griff sich ihren Halfzware, nahm zwischendurch ein Schlückchen Wein und war ganz aufgeregt.

»Überschrift: Der verlorene Sohn.« Benno erzählte ausführlich, wie die Nachbarin ihn beim Abendessen gestört hatte. Und was ihr Problem war.

»Die arme Frau«, sagte Chris. »Die muß ja total fertig sein.«

»Ist sie.«

»Und alle seine Klamotten sind da«, fügte Wolli hinzu.

»Sieht nicht gut aus, was?«

Wolli schüttelte den Kopf. »Entweder ist es völlig harmlos oder todernst. Im ersten Fall wird er bis spätestens morgen mittag aufkreuzen. Andernfalls . . .«

Nachdenklich ließ Christiane ihren Blick über den Hof schweifen, dabei kam Hannes Rohleder in ihren Gesichtskreis. Er ging um ihr Auto rum und trat gegen die Reifen.

»He, spinnst du? Laß mein Auto in Ruhe!«

Er sah auf und kam rübergeschlendert. Wenn sie ihn nicht gekannt hätte, wäre sie jetzt weggelaufen. Die Natur war sich nicht zu schade gewesen, Hannes mit allem auszustatten, was ein Maskenbildner für einen Ganoven benötigt. Narbe auf der Wange, Hakennase und stechende Augen. Dazu ölige Haare, mit Brillantine nach hinten geklatscht. Vorn zur Tolle gedrückt, im Nacken als Entenschwanz. Und Koteletten bis zum Kinn. Ein Totschläger in Reinkultur.

»Ach, en Auto iss das? Hab mich schon gefragt, warum aus dem Schrotthaufen Räder rauskucken.«

»Ich bieg mich vor Lachen.«

»Deine Stoßdämpfer sind im Arsch.«

»Da gehören sie aber auch wirklich nicht hin«, meinte Benno.

»Und der Auspuff macht es auch nicht mehr lang. Ich wette, der Vergaser ist ebenfalls hin. Was schluckt der denn so?«

»Keine Ahnung.«

»Mehr Benzin oder mehr Öl?«

»Glaubst du, ich führ Tagebuch?«

»Schon mal dran gedacht, die Marke zu wechseln? 79er Datsun Cherry, Radio, Liegesitze, zweiter Aschenbecher hinten?« Hannes war nämlich ein ebenso begeisterter wie umstrittener Nebenberufs-Kraftfahrzeugmechaniker und Gebrauchtwagenhändler. Wenn er nicht gerade für Irmchen eine der beiden Taxen fuhr.

»Jetzt kommt das wieder«, stöhnte Chris. »Laß mich ja in Ruhe mit deinen scheckheftgepflegten Unfallopfern.«

»Denk an mich, wenn dir die Karre nachts auf der B1 um die Ohren fliegt.«

»Versprochen, Hannes.«

Er tippte sich an die Tolle und stakste über den Hof zurück in die Scheune. Es sah aus, als wolle er da drin jemanden kaltmachen.

»Wenn wir mal pleite sind«, meinte Wolli, »vermieten wir Hannes an die Bavaria.«

»Was ist denn nun mit Harry Lesniak? Du mußt ihn doch kennen, Benno. Wieso soll der keine Freunde haben?«

Benno zog einen giftgrünen Pfeifenreiniger aus der Brusttasche seines Flanellhemdes und schob ihn in den Pfeifenstiel. »Würde mich nicht wundern, wenn das stimmt.«

»Ein Muttersöhnchen«, vermutete Wolli.

»Von Dolf Lundgren hat er jedenfalls nicht viel. Introvertiert wie ein Hase, grüßt mit rotem Kopf. Ich kenne ihn nur vom Sehen.«

Chris grübelte vor sich hin.

»Eigentlich ist die Geschichte nicht mal außergewöhnlich«, gab Schröder zum besten. »Was glaubt ihr, wie oft so was vorkommt? Ein Mann geht Zigaretten holen und verschwindet für immer.«

»Tja«, sagte Benno. »Ist er überhaupt Raucher?«

****

Mit einer grazilen Geste reichte sie ihre Karte zurück. So wie Norma Jane in ihren Filmen. Die Hand am ausgestreckten Arm abgeknickt, die Schulter dabei leicht hochgezogen. »Ich nehme die Seezunge und als Dessert das Zitronen-Sorbet.«

»Sehr wohl, gnädige Frau.« Der Kellner deutete eine Verbeugung an, ehe er sich entfernte.

Gnädige Frau. Wie sie es genoß.

Sie lehnte sich zurück, das Kinn auf Fingerspitzen gestützt. Wie sie dies alles auf einmal genießen konnte. Ohne Hemmungen, ohne Angst. Die festliche Umgebung, den Speisesaal des alten Schloßhotels, die Kerzen auf dem Tisch, all die Leute hier. Und sich selbst, in einem engen, schwarzen Kleid. Hüftlang. Schwarze Lackpumps dazu und Nylons mit durchbrochenem Muster. Gnädige Frau.

»Natürlich kannst du bei mir wohnen«, griff Jürgen das unterbrochene Gespräch auf. »Eigentlich tust du es bereits die ganze Zeit.«

»Ja, sicher. Nur diesmal wäre es für länger.«

Er steckte sich eine Zigarette an. »Ist etwas?«

Sie legte die Fingerspitzen an die Unterlippe, zögerte.

Sagst du es ihm? Was du mit Harald gemacht hast. Nein. Nicht jetzt. Es würde alles zerstören. Diesen Augenblick und... Dazu ist nicht der richtige Zeitpunkt.

»Ich muß für eine Weile untertauchen.«

Jürgen fragte nicht, sah sie nur an.

»In ein paar Tagen erkläre ich es dir. Es sind... gewisse Umstände eingetreten, die... Ach!« Ohne hinzusehen, griff sie in die Tasche neben sich. »Ich möchte jetzt nicht darüber reden.« Mit gewohnter Bewegung schüttelte sie zwei der länglichen Dragees in ihre Hand, schluckte und spülte sie mit Wein hinunter.

Jürgen tat, als studiere er den Stuck an der Wand hinter ihr. Er war lieb. »Natürlich.«

Durch die hohen Fenster konnte man auf den Wassergraben sehen, der sich um die alten Mauern zog. Majestätisch glitt ein Schwan über die reglose Wasserfläche. Etwas unendlich Trauriges lag in seinen Bewegungen.

Ein Frösteln überkam sie. Mit beiden Händen strich sie über ihre Schultern. Spürte den dünnen Stoff unter den Fingerspitzen. Fühlte sich plötzlich unverschämt weiblich. Unsagbar weiblich.

»Danke für die Einladung«, sagte sie.

»Unsinn.«

An der Stirnseite des Saales war ein mächtiger Kamin eingelassen. Wie schön mußte es hier im Herbst, im Winter sein. Wenn ein Feuer darin loderte. Hier zu sitzen, an der Seite des Mannes, den man liebte. Liebte? Natürlich.

»Manchmal«, unterbrach Jürgen das Schweigen, »manchmal verstehe ich euch nicht.«

»Euch?«

»Euch Frauen.«

Sonja schob ihre Hand über den Tisch in seine Hand. Eine verdammt lange Weile sahen sie sich in die Augen.

****

»... erstreckt sich ein Hochdruckgebiet über Westdeutschland. Seine Ausläufer ...«

Lord Pips fing an zu knurren und zeigte Zähne.

»Hör das Protzen auf. Du bist kein Dobermann und wirst auch nie einer werden.«

Die Korridortür wurde aufgeschlossen. Dem Yorkshire-Terrier zitterte vor Aufregung das Schleifchen im Stirnhaar. Mit einem Satz war er aus dem Büro und stürmte kläffend in den Flur.

»Ja, was machst du denn hier? Ist ja gut. Ich freu mich doch auch. Machst du Ferien bei uns?«

»Erwartest du, daß die Töle antwortet?«

Im ersten Augenblick prallte er voll zurück. An Christianes Stachelhaare mußte er sich erst noch gewöhnen.

»Morgen, Wölfchen. Oh, schon in den Spiegel gesehen?«

»Was soll das heißen?«

»Tritt dir nicht auf die Augenringe.« Chris warf ihre Tasche auf den Schreibtisch und öffnete das Fenster weit. »Frühling!«

»Wenn ich etwas hasse, dann ist es ...«

»... gute Laune am frühen Morgen. Ich weiß, Chef.«

»Und Hunde. Laß meine Schuhe zufrieden, Kotzer, oder ich steck dich unter die Käseglocke.«

»Laß ihn, Pips. Herrchen hat gestern abend seine Hirnlappen in Samos gebadet.«

»Wir sind den Fall noch mal durchgegangen«, maulte Schröder.

»Klar doch, Chef.« Sie hatte die Post mitgebracht und sah sie durch. Bis auf einen Umschlag warf sie alles in den Papierkorb.

»Keine Auszüge dabei?«

»Einer. Aber den zeig ich dir erst heute nachmittag, sonst mußt du brechen. Bist du soweit?«

»Wie weit?«

»Benno hat mich gerade angerufen. Das Muttersöhnchen

ist bisher nicht aufgetaucht. In diesem Fall wollten wir um halb zehn oben sein.«

»Dann werd ich mal fahren.«

»Das wüßte ich aber.« Sie ging in die Küche und kam mit einem Glas Wasser und zwei Tabletten zurück. »Schlucken und trinken.«

»Ich hab noch nicht gefrühstückt.«

»Was soll ich dir denn machen? Drei Eier in viel Öl gebraten, mit saftigen Speckscheiben und ...«

Ein Würgen schob sich von unten gegen sein Zäpfchen. »Bitte, Chris!« Ohne aufzustehen schlang er die Arme um sie und legte seinen Kopf gegen ihren Bauch. »Ich bin ja so krank.«

»Weißt du, Wolli«, jetzt fuhr sie ihm auch noch mit den Fingern durch die Haare. Eine Gänsehaut lief ihm den Rükken hinunter und wieder hinauf. »Es ist deine Sache, aber übertreibst du das nicht?«

»Ja«, sagte er ohne sich zu rühren, damit Chris nicht mit dem Krabbeln aufhörte. In dieser Situation hätte er alles zugegeben, hätte sogar noch was erfunden. Wenn sie nur nicht aufhörte.

»So.« Sie schlug ihm auf den Rücken. »Dann schluck mal deine Pillen und komm. Wir müssen was für die Umsatzstatistik tun.«

Unten auf der Steeler Straße herrschte grelles Leben und Hektik in voller Lautstärke. Der Krach tat richtig weh. Autos stauten sich, hupten bestialisch und pumpten ihre bleifreien Schadstoffe in die Frühlingsluft. Beinahe geriet er unter die Räder eines Einkaufswagens, mit dem eine dicke Mutti in Sommerbluse über den Bürgersteig stob. Ein Trupp johlender Kindergartenkinder entzog sich erfolgreich der Kontrolle ihrer Kindergartenschwester. Vor der Reinigung stützten sich ein paar Rentner auf ihre Stöcke und guckten den jungen Frauen nach. Es ging ekelhaft geschäftig zu.

Der Ascona stand vor dem Haus in der Sonne, eingekeilt zwischen einem Kombi und dem Lieferwagen vom Gemüsegeschäft.

Unter Christianes fragenden Augen holte er einen Pappkarton aus dem Kofferraum, stellte ihn auf den Rücksitz und hievte Lord Pips hinein.

»Glaubst du wirklich...?«

»Der Köter ist so hinterhältig wie sein Frauchen.« Wolli schob seine Sonnenbrille auf die gequälten Augen. »Soll ich dir den Chevi ausparken?«

»Macker.« Chris startete, kuppelte, erster Gang, Rückwärtsgang, erster Gang, Rückwärtsgang, erster Gang, preßte den Opel in eine Verkehrslücke und kam noch bei Grün über die Ampel.

Wolli drehte sich um. Lord Pips versuchte, aus dem Karton zu gucken.

»Kusch!«

Bis Werden versank Schröder in einen leichten Schlummer. Er wurde erst wieder auf der Ludscheidtstraße wach, gähnte und kurbelte das Fenster herunter.

»Du hattest recht«, sagte Chris und bog auf den Feldweg zum Hof ein.

»Wie meinen?«

Sie deutete mit dem Daumen nach hinten. Lord Pips hatte die Pfötchen auf den Rand des Kartons gelegt und hechelte ihn an. Sein Frühstück lag halbverdaut auf dem Sitz.

»Mann! Ich dreh noch mal durch mit diesem Vieh. Warum macht er das? Warum immer nur in meiner Karre?«

»Wehe, du läßt jetzt deine Wut an ihm aus. Ich mach das gleich sauber.«

Sie parkte vor Bennos Haustür.

Schröder nahm mit abgewandtem Kopf den Hund aus dem Karton. Der war wieder obenauf und versuchte, ihm durchs Gesicht zu lecken.

»Du bist wohl bescheuert!«

Er zog ihn an der Leine hinter sich ins Haus. Benno saß in der Küche und frühstückte vergnüglich. Beim Anblick von Salzheringen und Schweinskopfsülze mit Remoulade traten Wolli feine Schweißperlen auf die Stirn. »Morgen, Dicker.«

»Na, mal abbeißen?«

Er hielt ihm eine Scheibe Brot mit Fleischsalat hin.

Schröders Magen zog sich zusammen wie eine Faust. »Toll. Mach mich nur fertig.« Wolli drehte sich zum Fenster und starrte den Kirschbaum an. Er versuchte, an nichts zu denken. An Fleischsalat erst recht nicht.

»Wo ist Chris?«

»Die macht gerade das Auto sauber. Der Köter hat mir wieder in die Karre gekotzt.«

»Das ist bestimmt psychologisch bei ihm.«

»Psychologisch, klar. Der ist da drauf abgerichtet.«

»Dann weigere dich, auf ihn aufzupassen.«

»Wenn ich das tu, geht Verena schnurstracks zu ihrem Anwalt. Und der schreibt mir wieder so einen Mahnbescheid.«

Die Haustür fiel ins Schloß.

»Morgen, Benno.«

»Grüß dich, Chris.« Korn packte das Leichtverderbliche in den Kühlschrank und kippte das Brot auf die Schnittfläche. Den Rest ließ er stehen. Morgen würde er ja ohnehin wieder frühstücken.

Den Hund brachten sie vorsichtshalber zu Oma Lene.

»Gott, da iss er ja, de kleine Furz.«

»Den mußt du mit Sie anreden, Oma Lene«, sagte Schröder.

»Son Blödsinn. Na komm, Pipsken. Kuck ma, wat die Oma für dich hat.« Sie füllte einen Napf mit Hausmannskost.

Schröder schüttelte den Kopf. »Das frißt der nicht.«

»Iss doch lecker. Rübstielchen, durcheinander gekocht.«

Der Napf hatte kaum den Boden berührt, da machte sich das edle Tier mit dem langen Stammbaum über ihn her.

»Wie die letzte Straßen-Töle.«

Frau Lesniak sah noch schlechter aus als gestern abend.

»Da ist was passiert«, schluchzte sie. »Der bleibt doch nicht von alleine weg. Da ist was passiert.«

Chris legte den Arm um sie. »Keine Bange. Wir finden ihn.«

»Ich hab im Büro angerufen. Da hat er sich auch nicht gemeldet. Der Abteilungsleiter konnte das gar nicht begreifen.«

»Sie werden sehen, in ein paar Tagen ist er wieder daheim.«

»Meinen Sie wirklich?« Sie sah zu Schröder, der verlegen am Fenster stand. »Was kostet denn das?«

»Darüber reden wir, wenn Harald wieder da ist.«

»Ich hab einiges gespart. Über sechstausend Mark. Das sollte mal für Harald...« Sie drückte schluchzend das Taschentuch vor die Augen.

Schröder schluckte mühsam. »Das geht auf Nachbarschaftshilfe. Ist ja wohl klar.«

Chris strahlte ihn an.

»Kommt überhaupt nicht in Frage.« Mutter Lesniak stand energisch auf, ging zum Wohnzimmerschrank und fing an herumzukramen.

»Nun lassen Sie das doch erst mal. Wir brauchen jetzt vor allem die Telefonnummern und Adressen aller Leute, bei denen er sich gemeldet haben könnte.«

Die gute Frau wuselte durchs Zimmer, offensichtlich froh, etwas tun zu können.

»Und ein deutliches Foto. Sollte nicht zu alt sein.«

Benno telefonierte währenddessen mit den Bullen. Erfolglos.

»Einen Unfall können wir erst mal ausschließen.«

»Dem Himmel sei Dank. Ach, wenn ich Sie nicht hätte...

Hier, das ist die Nummer von unserer Waltraud. Aber die ist nicht da.«

Wolli wählte und bekam eine angenehme Stimme dran. Es war der Anrufbeantworter. »... bis zum Wochenende nicht zu erreichen. Sie können jedoch eine Nachricht von unbegrenzter Dauer...« Wolli legte nachdenklich auf.

Inzwischen hatte die Mutter ein Foto herausgesucht, bei dessen Anblick sie erneut in Tränen ausbrach. Wolli nahm es ihr schnell weg. Bevor er es einsteckte, warf er einen Blick darauf. Gott, war das ein Hübschling. Der dürfte Anna nicht in die Hände fallen. Benno hatte ihn gut beschrieben.

»Vielleicht ist der doch nach Afrika«, schniefte die Frau.

Chris klimperte mit den Augen. »Nach Afrika?«

»Ja. Gestern abend ist mir das eingefallen. Er hat mal so was von Afrika gesagt.«

»Daß er da hinfahren will?«

»Ja. Nein, das heißt: Ich weiß nicht mehr. Das ist so lange her. Mir ist das nur eingefallen, weil...«

»Was hat er denn genau gesagt?«

Aber die Mutter konnte sich nicht mehr daran erinnern. Und es wäre fast ein halbes Jahr her. Nur, wenn man so wach im Bett läge und doch nicht schlafen könne...

»Wenn Sie nichts dagegen haben, sehen wir uns mal in seinem Zimmer um«, schlug Benno vor.

»Afrika«, sagte Wolli auf der Treppe nach oben. »Als wenn er ohne Gepäck und Klamotten nach Afrika wäre.«

Benno zuckte die Schultern. »Ist doch warm da.«

Sie betraten ein Dachzimmer mit Blick auf den Garten, blieben an der Tür stehen und sahen sich um. Schlafcouch, Schrankwand, Fernseher, aber kein Schreibtisch oder Sekretär. Neben der Tür gab es eine abgeteilte Waschecke. Die Wand gegenüber war mit Postern regelrecht tapeziert. Jagger, Michael Jackson, David Bowie, Lou Reed.

»Bißchen verspielt für sein Alter«, sagte Benno endlich.

»Ich sag nur: Achtundzwanzig und wohnt zu Hause.«

»Seidenäffchen hin, Seidenäffchen her», meinte Benno. »Weg ist er jedenfalls.«

»Und nicht freiwillig.«

»Scheint so.«

Das Zimmer bis in die Falten der Couch zu durchsuchen war eine Routine von fünf Minuten. Der Kleiderschrank war proppenvoll. Alles sehr modisch. Haralds letzter Kontoauszug wies drei Mark auf.

»Interessant«, sagte Benno. »Der hat jeden Monatsersten sein ganzes Gehalt abgehoben. Satte zweitausenddreihundert.«

»Das kann er nicht alles für Klamotten ausgegeben haben. So furchtbar exklusiv sind die auch wieder nicht.« Wolli schüttete den Papierkorb auf dem Boden aus.

»In einem Kriminalroman«, meinte Benno und tauchte in die Herrenoberbekleidung, »würdest du jetzt ein Streichholzbriefchen mit der Adresse einer Nachtbar finden.«

»Schau nur.« Wolli hielt ein Streichholzbriefchen hoch.

Für eine Sekunde rang Benno nach Fassung. »Eine Adresse drauf?«

Wolli nickte.

»Von einer Nachtbar?«

»Von der Commerzbank«, sagte Schröder und warf es über die Schulter.

»Blödmann! Aha, Harald als Leseratte. Du lieber Schrat.« Er wuchtete einen Stapel Romanheftchen aus dem Schrank. Und das ihm, dem Liebhaber englischer Literatur des ausgehenden 19. Jahrhunderts. Ihm, der freiwillig Arno Schmidt las, Virginia Woolf vergötterte und Uwe Johnson zitieren konnte. Auf Wunsch seitenweise. »Alles da. Grusel, Romantik-Thriller, bißchen Krimi, wieder was mit Grusel. Junge, nun kommt was mit Liebe und Schmerz. Und jetzt Arzt-Romane.«

»Frauenarzt Doktor Schröder, Gott in Weiß. Eine Romanze in Mull,« flötete Wolli und füllte den Papierkorb wieder mit dem herumliegenden Müll. »Ich versteh immer mehr, wieso der noch bei Mammi gewohnt hat.«

»Wohnt. Nicht, gewohnt hat.«

»Nichts von Afrika dabei?«

»Nee. Laß uns runtergehen. Das hier bringt nichts.«

Inzwischen hatte Chris die schniefende Mutter auf Tempo-Tücher umgestellt. Auf dem Couchtisch dampfte ein Täßchen, es müffelte intensiv nach Baldrian.

Wollis Magen gab ein Geräusch von sich wie eine verrutschende Wärmflasche. »Hat Ihr Sohn ein Adreßbuch?«

Frau Lesniak schüttelte trübsinnig den Kopf. »Weiß ich nicht.«

»Wissen Sie, ob er ein zweites Girokonto besitzt?«

»Ein zweites Konto? Nein. Warum denn?«

»Ach, nur so. Er hat doch bestimmt Haushaltsgeld gezahlt.«

»Ja, natürlich. Zweihundert Mark.«

»Und kein Weib ... keine Freundin?«

»Nein, bestimmt nicht. Dafür hätte er ja kaum Zeit gehabt. Er hat ja immer nur gearbeitet.«

Benno raschelte mit dem Zettel, auf dem ein paar Adressen standen. Ihre gesamten Anhaltspunkte. »Bei Chemo-Partner?«

»Ja. Harald hat da einen guten Posten. Er mußte da alles neu organisieren. Bis in die Nacht hinein war er oft da.«

»Seit wann?«

»Weiß ich nicht.«

»So ungefähr.«

»Na ja, ein Jahr wird es nun sein.«

Wolli stand auf. »So, dann wollen wir ihn mal suchen. Ach, noch was: Ist Ihre Tochter verheiratet?«

Die Nachbarin kam überhaupt nicht mehr mit. »Ja. Nein, ich meine ... sie ist geschieden.«

»Kinder?«

Frau Lesniak schüttelte verwundert den Kopf.

»Und lebt allein?«

»Ja, sicher. Ist das denn wichtig?«

»Das weiß man nie«, sagte Wolli geheimnisvoll.

****

»Er ist in der Reginenstraße«, sagte Schröder auf dem Weg rüber zum Birkenhof.

»Wieso Reginenstraße?«

»Weil da seine Schwester wohnt. Und die ist nicht da. Also ist die Bude frei.«

»So.« Chris war anscheinend weder begeistert noch überzeugt.

Benno machte eine Schnute unter seinem Bart. »Glaub ich nicht. Aber wir können ja mal vorbeifahren.«

Sie gingen zu Oma Lene und zerrten den teuren Hund vom Napf. Die Rübstielchen hingen ihm bis hinter die Ohren. Wolli grummelte was von »Grüner Rücksitz« und nahm die apathisch glotzende Lordschaft an die Leine.

»Der hat richtich Kohldampf gehabt. Wer weiß, mit wat fürn Zeuch Verena den füttert.«

Chris setzte den Hund demonstrativ neben den Karton und fuhr mit ihm zurück in die Steeler Straße. Wolli entschloß sich spontan zur Anschaffung von Schonbezügen.

Nachdem sich Korn mit einem halben Dutzend Pfeifen und zwei Blechdosen Tabak versorgt hatte, stiegen sie in seinen alten Zweihundertachtziger.

»Ist trockenes Wetter«, meinte Benno und kuschelte seine hundertzehn Kilo in den Sitz. »Da springt er flott an.« Sprachs und drehte den Zündschlüssel. Bis zum Anlasser hatte sich diese Theorie wohl noch nicht rumgesprochen.

»Oha.« Zweiter Versuch. Es wimmerte unter der Motorhaube. »Er kommt. Nur Geduld.«

Schröder verdrehte die Augen. Beim sechsten Anlauf sprang der Wagen an. Benno zuckelte gemächlich vom Hof.

»Du brauchst nicht zu rasen. Wir haben Zeit, Dicker.«
»Sicher.«

Es machte sich wieder mal bezahlt, daß Benno Taxi fuhr. Denn in Rüttenscheid darf man bekanntlich nirgendwo dort abbiegen, wo man es müßte. Und wenn man es doch mal darf, findet man sich in einer vollgeparkten Wohnstraße, in der das erste entgegenkommende Auto der Anfang vom Chaos ist. Nach zwei Minuten »rechts vor links« hat man den letzten Rest Nerven und Orientierung verloren und gerät auf eine der Einbahnstraßen, die hämisch in die falsche Richtung führen. Oder auf die verkehrsberuhigte Rüttenscheider, in der grundsätzlich zweireihig geparkt wird, damit es sich in der Mitte einreihig stauen kann.

Nicht so, wenn man mit Benno Korn fuhr. Eine Viertelstunde später hielt der Benz in der Reginenstraße. Da Begriffe wie »Stellplatz« oder »freie Parkbucht« im Vokabular dieses Stadtteils nicht vorkommen, blieb Benno im Auto sitzen.

Wolli schlenderte unbefangen zur Haustür, fand ein Schildchen »Lesniak-Dräger« als unterstes und drückte sich ungesehen in das Dunkel einer Toreinfahrt. Der Hof war begrünt und mit Sandkasten und Tischtennisplatte ausgerüstet. Durch ein Fenster der linken Wohnung sah Wolli einen Teddybär. Er hatte nur ein Auge, dafür aber Hemd und Höschen an und saß auf einem Wandregal.

»Geschieden, lebt allein, keine Kurzen.«

Also die andere Wohnung. Ein Blick über die Schulter – kein Feind in Sicht – und Schröder hing an der Fensterbank. Der erste Klimmzug zeigte eine menschenleere Einbauküche, sauber aufgeräumt und ordentlich. Der zweite ein menschenleeres Wohnzimmer und der dritte ein Klofenster mit Milchglasscheibe. Verdächtige Geräusche wie heftiges Atmen oder Keuchen waren nicht zu hören.

Sprach nicht gerade für seinen Verdacht. Er ging zur Haustür und schellte bei der Schwester. Korn schaute aus den

Augenwinkeln herüber. Er hatte seinen Sitz in Liegeposition gebracht und paffte genüßlich aus einer gebogenen Pfeife. Natürlich regte sich nichts. Wolli probierte es bei den Teddy-Haltern, diesmal hatte er Glück.

Als er die zwei Treppenstufen hinaufging, stand eine junge Frau in der angelehnten Wohnungstür. In ihrem Gesicht spiegelten sich langjährige Erfahrungen mit Wein-Vertretern und sammelnden Samaritern mit falschem Ausweis.

»Ja, bitte?«

»Entschuldigen Sie«, sagte Schröder nett. »Ich wollte zu Frau Lesniak-Dräger.«

»Die ist verreist.«

»Ah ja. Kennen Sie vielleicht ihren Bruder, Harald Lesniak?«

Sie sah ihn mißtrauisch an. Wahrscheinlich überlegte sie, welchen Trick er gerade probierte und was Eduard Zimmermann dazu sagen würde. »Sind Sie von der Polizei?«

Wolli griff in die Tasche – die Frau zuckte zusammen – und holte seinen Detektivausweis hervor. »Herr Lesniak ist seit ein paar Tagen nicht nach Hause gekommen. Ich arbeite für seine Mutter.«

Ihr Mund öffnete sich und blieb so. »Um Gottes willen!«

»Sie haben ihn nicht zufällig gesehen?«

»Nein, ganz bestimmt nicht. Ist er ...« Sie führte den Satz nicht zu Ende.

»Es hätte ja sein können, daß er bei seiner Schwester wohnt, solange sie nicht da ist.«

»Das hätten wir bestimmt gemerkt, Herr ...«, sie zog den Ausweis zu Rate, »... Schröder. Den hab ich eine Ewigkeit nicht mehr gesehen.«

»Da kann man nichts machen. Heißen Dank.«

Benno hatte den Mercedes zwischenzeitlich in eine Räucherkammer verwandelt.

»Bei Schwesterchen ist er nicht und war er nicht. Die Bude ist topmäßig aufgeräumt.«

»Hm.« Benno Korn ließ den Wagen an. »Wohin soll's gehen, Chef?«

»Ins Büro«, sagte Schröder wichtig. »Hört sich stark an, was? Eigentlich müßte ich hinten sitzen.«

Sie trafen Chris mit Taschenrechner und einem großformatigen Formular an, das nach Finanzamt aussah.

Benno schaute ihr interessiert über die Schulter, während Schröder im Kühlschrank nach Bier kramte. »Was Schlimmes?«

»Nee.« Christiane tippte blitzschnell ein paar Zahlen in den Rechner und verglich das Resultat mit einem Zettel. »Vorarbeit für die Voranmeldung zur Umsatzsteuer.«

»Umsatzsteuer«, höhnte Schröder und trank gluckernd. »Von welchen Umsätzen ist eigentlich die Rede?«

Ohne die Arbeit zu unterbrechen, fischte Chris ein Päckchen aus ihrer Umhängetasche und schob es über den Tisch. »Ich hab Tee für dich besorgt, Benno.«

»Tee? Das nenne ich Sozialleistung.«

»Ich hoffe, er schmeckt.«

»Flowery Orange Pekoe.« Er hielt seinen Vollbart über die Tüte und zog den Duft durch die Nase. »Rotgoldene Tasse, sehr tippy.«

Schröder schielte neidisch auf seine Pilsdose. Da stand nur drauf, wieviel drin war. Wenn er Genießer wie Benno reden hörte, fragte er sich manchmal, ob er den richtigen Weg ging.

»Ich nehme an, Harald war nicht bei seiner Schwester.«

»Richtig, Frollen Ullmann. Sonst hätte ich vielleicht schon ein Wort darüber fallenlassen.«

»Und nun? Wir müssen doch irgendwas bewegen.«

»Tun wir ja auch.«

»Sobald der Tee durch ist«, rief Benno aus der Küche.

»Und was?«

»Telefonieren«, sagte Wolli und trank die Dose leer.

Zuerst rief Wolli die Verwandten an. Es dauerte ziemlich lange, bis er jedem einzelnen erklärt hatte, daß er das im Auftrag von Haralds Mutter tat. Die Reaktionen reichten von atemlos über bestürzt bis zu offen sensationsgeil. Gesehen oder gehört hatte keiner was von ihm.

Dann kam »Chemo-Partner« dran.

»Ich weiß, daß er heute morgen nicht erschienen ist. Was ich möchte, ist ein Gespräch mit dem Chef.« Während er lauschte, drückte er den Verschluß einer neuen Bierdose auf. »Und wann kann ich ihn erreichen? Morgen früh erst? Ja, geben Sie mir einen Termin.« Er trank ein Schlückchen. »Ist ja wie beim Zahnarzt. Wenn es geht, nicht vor zehn Uhr. Da bin ich noch beim Polizeipräsidenten.«

Chris zog die Mundwinkel nach unten und ging Kaffee kochen. Als sie mit der Kanne zurückkam, sprach Wolli mit Haralds Mutter.

»Reine Formalität, Frau Lesniak. Die werden nachher bei Ihnen anrufen und sich erkundigen, ob ich das darf. Wie? Nein, wir haben Harald noch nicht.«

Benno setzte unter erheblicher Rauchentwicklung eine Pfeife aus rötlich poliertem Holz in Gang. Eine sehenswerte Zeremonie. Als sie brannte, zog er sich mit seinem Tee in die hinterste Ecke zurück und blätterte in einem speckigen Notizbuch.

Unterdessen gab Wolli der Polizei die Vermißtenanzeige durch. »Richtig, Detektei Schröder, Steeler Straße. Für eine Mandantin. Moment ... Lesniak, Gertrud. Die vermißte Person ist Harald Lesniak, ja Lesniak. Gut, ich buchstabiere.«

Danach kam nochmals die Schwester dran. »Detektei Schröder. Bitte rufen Sie uns so schnell wie möglich an. Es geht um Ihren Bruder Harald. Unsere Rufnummer ist ...«

Benno wuchtete sich schwerfällig aus dem Sessel neben der Küchentür. »Ich versteh das nicht.«

»Was?« Chris kam sich ziemlich überflüssig vor.

»Harald hat jeden Monat sein ganzes Gehalt abgehoben. Wozu? Luxus gibt es in seiner Bude nicht, fahren tut er einen alten Käfer, und seine Klamotten sind nicht zu teuer.«

»Dazu Kost und Logis für zweihundert Märker.«

»Eben. Das Geld muß doch irgendwo geblieben sein.«

»Auf einem zweiten Konto, wie Wolli vermutet?«

»Das liegt nahe. Er spart sich was auf einem Konto zusammen, von dem seine Mutter nichts weiß. Und dann verschwindet er. Bis dahin würde es passen.«

»Ohne Gepäck, ohne Kleidung?«

»Ohne Gepäck, ohne Kleidung. Nicht mal die Zahnbürste hat er mitgenommen. Sein Rasierapparat, Seife, Deo und was man so braucht, alles da«, bestätigte Benno. »Bis auf das, was man normalerweise bei sich trägt. Und sein Auto.«

»Das bedeutet: Als er von zu Hause wegfuhr, hatte er die Absicht, wieder zurückzukommen.«

»Woran er gehindert worden ist.«

»So weit waren wir heute morgen bereits«, stöhnte Chris. Sie goß Kaffee ein und drehte sich eine Zigarette.

»He, Superhirn.« Wolli räumte den Schreibtisch. »Übernimmst du Rennecke und seinen special-service?«

»Mit Freuden.« Benno nahm seinen Tee mit hinüber, wählte die Nummer der Konkurrenz und verlangte Pelldorf. »Grüß dich, Manni. Wie gehts denn so?«

Die nächsten zehn Minuten drehte sich das Gespräch um neue Angelruten, Fährverbindungen nach und Fischgewässer in Irland.

»Sagt dir Cahirciveen was? Stück südwestlich davon. Ist son kleiner See. Kaum Touristen. Allerdings wird meist gälisch geschnackt.«

Schröder knurrte.

»Von Killorglin aus? Da mußt du durch den Ballaghasbeen-

Paß. Kann ich wärmstens empfehlen. Falls es allerdings regnet – und da regnet es ständig –, würde ich den Paß umfahren. Das kostet zwar ne Menge Zeit, aber... Ja, ist schön da. Doch, kannst du machen. Wünsch ich dir auch. Ach, weswegen ich anrufe... Ich brauch ein paar Auskünfte. Schreibst du mit? Schön. Also, wir suchen da jemanden.«

Schröder war nahe daran, in seine Bierdose zu beißen.

Inzwischen gab Benno Haralds Daten durch. »Wir möchten wissen, ob er einen Ortswechsel vorgenommen hat. Richtig. Einwohnermeldeamt, RWE, RHENAG, Straßenverkehrsamt, von mir aus auch Finanz-Auskunfteien. Wie du es machen sollst?« Er lachte dröhnend. »Ach, ich mag dich, Manni. Hör auf. Kannst du mir doch nicht erzählen. Ja, sehr eilig. Tschüß, Manni. Was? Glenbeigh? Ja, das ist nun wirklich schön. Da kannst du die Küstenstraße fahren, über Kells, bis nach Cahirciveen. Wirst du nie vergessen. Nein, was ich meinte, war von Killorglin aus. Wenn du aus dem Norden kommst. Natürlich gibt es andere Routen. Von wo? Von Kinsale? Da muß ich überlegen. Tja, mit dem Schiff natürlich. Kann auch sehr nett sein, doch. Aber wie oft die fahren, kann ich im Augenblick nicht sagen. Oder, mir fällt gerade was ein, was ganz anderes: Lakes of Killarney. Ist ein Stück mehr im Land. Herrlich. Und davon der Lough Leane. Das haut dich um. Besonders, wo der Laune in die Buch von Castlemaine fließt...«

»Wolli«, sagte Chris, »dein Hund muß mal. Wolli! Was machst du denn mit der Bierdose?«

****

»... und sie hat so wundervolle Haut.« Kai schloß die Augen und sog Luft ein. »Ihr zuliebe habe ich mich ganz auf Vollwertkost umgestellt.«

Beim Wort Vollwertkost ließ Schröder die Zunge raushängen.

»Wenn das kein Beweis ist«, sagte Chris ohne aufzublicken.

»Yvonne«, sagte Schröder und zog den Namen in die Länge. »Ich weiß nicht.«

»Wie? Was soll das heißen? Was weißt du nicht?« Sofort fingen Kais Mädchenwimpern an zu flattern.

»Hat so was Nuttenhaft...«

»Danke, Schröder! Herzlichen Dank!«

»54. a) Anzahl der Beschäftigten zu Beginn des Geschäftsjahres einschließlich Auszubildender«, las Chris laut und mit Nachdruck. Zum dritten Mal versuchte sie mit dem Fragebogen weiterzukommen. Gehörte Wolli zu den Beschäftigten? Nein. Der war Inhaber. Stand ja schon bei 4. c) Name und Vorname sowie vollständige Anschrift der Gesellschafter. Also kam hier eine 1 hin. Das war sie. Gut, weiter. 54. b) Anzahl der Beschäftigten zu Ende des Geschäfts...

Vor ihren Augen klappte etwas auf. »Du bist doch eine Frau, Chris. Wie findest du das?«

»Toll«, sagte sie. »Ein Kettchen mit Herzchen.«

»Von Tiffany?« Schröder verdrehte die Augen. »Ein reizendes Mitbringsel. Aber daß du After-shave mitgebracht hast...«

»Wenn dir das einer schenken würde«, Kai Sassen hatte so Tage, da wurde man ihn nicht los, »wärst du dann glücklich?«

Chris sah auf. »Na, wie dumm«, sagte sie.

In der Küche polterte was zu Boden. Mit einem Satz fuhr Lord Pips aus seinem Körbchen und sprang kläffend an der Tür hoch.

»Habe ich extra gravieren lassen.«

»Da muß ich bei sein.« Wolli nahm ihm die Schatulle aus der Hand. »Kai und Yvonne, für immer«, las er laut vor. »Das gibt ja richtig Rahm auf die Milch.«

»Was weißt du, wie Frauen empfinden? Hab ich recht, Chris? Du findest doch auch, daß...«

»Weißt du, Kai«, versuchte es Chris auf die liebe Tour. »Das Statistische Landesamt möchte so gern...«

»Statistiken, Zahlen ... Von der Liebe spreche ich. Von der Liebe zwischen zwei Menschen, von ...«

»Die haben deinen Namen falsch graviert«, sagte Wolli.

»Was?«

»Kai mit y. Paßt aber besser zu Yvonne.«

Der Blonde riß die Kette an sich. »O nein! Ich habe sie ihr doch für heute abend versprochen.«

Es klingelte. Der Hund fletschte die Zähnchen, nahm Anlauf und sprang nun mit Wucht gegen die Korridortür. Da sie nur angelehnt war, flog er bis in die Diele, wo er dumpf gegen die Wand rumste.

Kopfschüttelnd stand Schröder auf. »Irgendwas in seiner DNS ist falsch zusammengebacken.«

Ein letzter Versuch. »63. a) Gewinn (vor Steuern) im abgeschlossenen Zeitraum in Tsd. Deutschen Mark.« Eine Scherzfrage.

Den Blick starr aufs Kettchen, blieb Kai neben ihr stehen. »Jetzt komme ich mit leeren Händen.«

Gerd-Uwe erschien. Grinsend bis zu den Ohren, den bellenden Yorkshireterrier zwischen den Füßen. »Tach.«

»Tach.« Chris ließ ihre Zähne sehen. Den Fragebogen konnte sie für heute abend endgültig vergessen.

»Iss so.« Gerd-Uwe setzte sich auf ihre Tischkante, genau auf den Rand des Aschenbechers. Der schnellte wie ein Geschoß in die Höhe, krachte auf den Schreibtisch zurück und begrub ihn unter einer Wolke aus Asche und Kippen. »Oh.«

Ganz ruhig, lächelnd, drückte sich Chris an ihm vorbei in die Diele und holte den Staubsauger.

»Du bist noch keine Minute hier, und schon ist unser Büro ein Saustall«, schnauzte Wolli. »Was willst du?«

»Oh«, sagte Gerd-Uwe noch mal. »Wollt fragen, ob du ...«

»Nein. Ich hab keine Arbeit für dich.«

»... dich vielleicht bei Rennecke ...«

»Wie bitte?«

»... für mich verfügen würdst.«

»Aber natürlich, klar.«

»Wirklich?«

»Frag Benno. Er ist in der Dunkelkammer.«

»Geil.« Mit blanken Augen stürmte Gerd-Uwe zur Küchentür.

»Jetzt doch nicht, du Schrat!«

Chris drückte Gerd-Uwe den Staubsauger in die Hand und deutete wortlos auf ihren Schreibtisch.

»Alles klar.« Mit Gedröhne fing er an, den Aschenberg abzutragen.

Im selben Augenblick tauchte Benno aus der Küche auf. »So, die Fotos sind fertig«, sagte er gemütlich. Die triefendnassen Abzüge zogen eine breite Wasserspur über den Teppich.

Im Grunde, dachte Chris, können sie ja nichts dafür. Trotzdem fiel ihr das Lächeln von Mal zu Mal schwerer.

Kai nahm eine Kippe vom Fensterbrett und warf sie Gerd-Uwe vor die Düse. »Da ist noch was.«

Es machte »flop« und noch mal »flop«, und weg war die Kippe. Der Fragebogen auch.

»Paß mal auf«, sagte Christiane sanft, nahm Gerd-Uwe bei den Schultern und drückte ihn auf den Besucherstuhl. »Setz dich ganz ruhig hier hin, mein Freund. Und zwar auf deine Hände.«

»Aber...?«

»Auf die Hände!«

»Ist er nicht allerliebst?« Wolli hielt eins von Haralds Konterfeis ins Licht.

»Ich habe mal drei Dutzend gemacht«, sagte Benno. »Irmchen und Hannes haben ja noch was anderes zu tun, als Fotos zu verteilen.«

»Wer ist denn das?« Kai drängte sich neugierig zwischen sie. »Da ist überall derselbe drauf. Wieso wollt ihr die an Taxifahrer verteilen?«

»Psst«, machte Chris mit einem Seitenblick auf Gerd-Uwe, der verständnislos grinsend auf seinen Händen saß.

»Habt ihr einen neuen Fall?«

Gerd-Uwes Hals wurde länger und länger. Ein bohrender Blick aus Christianes Augen ließ ihn auf die Hände zurückplumpsen.

»Hier«, sagte Wolli und drückte Kai ein Bild in die Hand. »Wenn du ihn siehst, schrei laut.«

»Den kenne ich doch.« Mit dem Foto ging Kai zum Fenster.

»Der Lesniak«, meinte Benno.

»Ja klar, Harald Lesniak. Was ist denn mit dem?«

Chris sah Wolli an, Wolli sah Benno an. »Er ist verschwunden«, sagte der.

Wenn Kais Augen groß wurden, fand Chris, konnten sie genausogut Liza Minelli gehören. Die meisten Frauen hätten ihn darum beneidet. Nur... für die Neue Deutsche Männlichkeit war es nicht ganz das Passende. Armer Kerl. Da halfen auch keine gravierten Herzchen aus Jold.

»Verschwunden? Wieso denn das?«

»Frag ihn, wenn du ihn triffst.«

»Und den sucht ihr nun? Hier in Essen?«

Gerd-Uwe renkte sich fast die Halswirbel aus.

»Die Stadt hat 625 000 Einwohner.«

»Ja und?« Wolli verschwand in der Küche und kam mit einer frischen Dose Pils wieder.

»Auf einer Fläche von über 200 Quadratkilometern.«

»Du kannst einem richtig Mut machen«, sagte Chris, die gerade versuchte, den Fragebogen aus dem Schlauch zu ziehen. Selbst wenn es ihr gelang, er würde nicht mehr der alte sein.

»Und da wollt ihr einen einzigen Menschen finden? Wißt ihr, was das heißt? Wer hat euch nur so was aufs Auge gedrückt? Ihr müßt ja verrückt sein, wenn...«

»Hör zu, du Roggenbrötchen-Guru«, sagte Schröder und fuhr seinen Zeigefinger aus. »Setz deinen grauen Hirnmatsch für deine Weiber ein. Aber hier halt dich raus. Okay?«

»Nun laßt doch die Chauvis im Schrank, Jungs«, beruhigte Benno die beiden.

»Der stichelt schon den ganzen Abend. Macht sich über meine Verlobte lustig und . . .«

»Verlobte. Kennt die Schnalle grad mal ne Woche und spielt hier Balkonszenen.«

»Schnalle? Du mißglückter Bogart-Versuch. Du bist . . .«

Schröders Halspartie überzog sich purpurn. »Jetzt ist aber gut, ja?«

Eine eiskalte Hand legte sich auf Christianes Unterarm.

»Huch!«

Gerd-Uwe. »Kannst en Computer brauchen?«

Chris drehte die Augen zur Decke.

****

Schon vor der Tür war seine wütende Stimme zu hören. »Nicht, bevor du mehr Leistung bringst.«

»Ach. Und wie soll ich das? Ohne Stoff?«

»Du bekommst genug.«

»Eben nicht. Das bißchen . . .«

»Schluß jetzt!«

»Du findest dich wohl toll, was? Glaubst du . . .«

Klatschen von Ohrfeigen, jemand zog scharf die Luft ein.

»Und jetzt mach, daß du rauskommst!«

Automatisch warf sie zwei Adumbran ein und schluckte sie trocken. Dann drückte sie das Kreuz durch und ging hinein.

Als sie eintrat, rannte gerade eins der Mädchen heulend durch die andere Tür hinaus.

Marcel drehte sich zu ihr. Er saß an der leeren Bar. Einen Kaffee vor sich und die Abrechnungen des letzten Abends. »Sonja«, sagte er. »Komm, setz dich zu mir, mein Schatz.«

Wenn er lächelte, lächelte nur sein Mund. Und auch das war nur ein blitzschnelles Verziehen der Lippen. Sein Gesicht blieb starr. Besonders seine Augen, diese Reptilaugen.

Du hast ihn von Anfang an nicht gemocht. Aber zählt das? Zu ihr war er jedenfalls höflich. Nun, schließlich war sie ja auch keine von denen.

»Einen Kaffee? Koko, mach uns frischen Kaffee.«

»Ich ...« Seine Nähe machte ihr das Sprechen noch schwerer als ohnehin. Dazu diese geballte Männlichkeit, die er ausstrahlte. Und die sie immer verwirrte. Sie legte die Beine übereinander. »Ich wollte mit dir über meinen Job reden.«

»Ach was.« Er klappte die Unterlagen zu und schob sie achtlos beiseite. »Da gibt es nicht viel zu reden.«

»Ich meine, was muß ich denn tun?«

»Erst einmal gar nichts. Ruh dich etwas aus. Du siehst müde aus, weißt du das?«

Sie warf einen schnellen Blick in den Spiegel.

Mit dem Finger drückte er ihr Kinn hoch. »Nein.« Er lachte trocken. »So deutlich ist es nicht zu sehen. Für einen alten Freund jedoch ... Wir sind doch alte Freunde, nicht wahr?«

»Du sagtest etwas von einem Verwaltungsjob. Schreibmaschine und Steno kann ich recht gut.«

Er nahm ihren Arm. Es war kein gutes Gefühl. Obwohl sie es sonst gern mochte. »Na, wunderbar. Das wird sich mit der Zeit alles finden.«

»Na ja, ich hätte nur gern gewußt, was ich zu tun habe.«

»Du hast dich bei Jürgen einquartiert? Warum das?«

Was du auch tust, in seiner Nähe bist du keine Frau. Da kannst du dir die größte Mühe geben. Bei ihm klappt das nicht.

Sie nahm das linke vom rechten Bein, setzte sich gerade hin. »Wenn es dir nicht gefällt ...«

»Doch, doch. Ich finde es sogar sehr praktisch, wenn du unter meinem Dach wohnst. Ich hätte es dir selbst vorgeschlagen. Es hat mich nur ein wenig überrascht, weißt du?«

»Ich hatte ja sowieso immer ein paar ... ein paar Sachen bei ihm. Und da dachte ich ...«

»Sonja? Du verschweigst mir doch nicht etwas?«

Sie brachte ein künstliches Lachen zustande. »Wieso?«

»Du bist ganz rot geworden. Komm, sag mir, was dich bedrückt.«

»Ach, nichts. Ich ... ich muß nur meine Schuhe beim Schuster holen.«

»Laß diese Junkie-Sprüche«, fauchte er plötzlich.

Unwillkürlich zuckte sie zusammen.

»Warum mußt du abtauchen? Sind die Bullen etwa hinter dir her?«

»Nein. Was denkst du denn?«

»Also was?«

»Harald«, sagte sie nur. Er ist tot, wollte sie sagen, aber das würde er nicht verstehen.

»Du machst mich neugierig.« Wieder faßte er ihren Arm und sah sie an. Sie hatte das Gefühl, daß er in sie hineinsah wie in einen Hohlkörper.

»Na ja, es ...« Wie sollte sie das erklären? »Es ließ sich nicht vermeiden. Sein Job war wacklig.«

Marcel stieß einen leisen Pfiff aus.

»Ein paar Tage, und man wäre ihm auf die Schliche gekommen. Und über ihn zu mir, und von mir zu dir.«

Marcel zog die Wangen zwischen die Zähne. »Daß ihr immer übertreiben müßt. Ich finde das nicht sehr originell.«

Ihr, sagte er. Ihr. Wie abschätzig sich das anhörte.

»Marcel, ob jetzt oder später ist doch egal.«

»Davon war nie die Rede.«

»Verstehst du denn nicht?« Sie schlug die Augen auf, versuchte einen verzweifelten Blick. Doch so konnte man ihm nicht kommen.

»Wenn ich eins nicht gebrauchen kann, dann Schwierigkeiten. Man wird ihn doch suchen. Hast du daran nicht gedacht? Was ist, wenn hier plötzlich die Bullen auftauchen? Was willst du denen sagen, he?«

Sonja schniefte, kramte nach einem Taschentuch. Ihre Finger stießen gegen die raschelnde Pillendose.

»Komm. Ist gut«, sagte Marcel besänftigend und legte seine Hand auf ihre nackte Schulter. »Was ist mit seinem Wagen?«

Sie zuckte mit den Achseln.

»Na ja, darum kümmern wir uns später.«

Koko stellte zwei Espresso auf den Tresen.

»Und das Zeug?« fragte Marcel nach dem ersten Schluck.

»Alles in Ordnung.«

»Etwas präziser.«

»Na ja. Kein Problem. Alles eingefädelt.« Es stimmte ja auch. Konnte ja nichts schieflaufen.

Wieder verzog er die Lippen. »Über ... deinen Harald?«

»Ja«, sagte sie und trank schnell.

»Wird sein Lieferant nicht stutzig werden, wenn du statt seiner auftauchst?«

»Keine Sorge, das geht über eine Sped ...« Verdammt! So halt doch deinen Mund!

»Über eine Spedition? Interessant. Sag mal, warum traust du mir eigentlich nicht? Glaubst du, ich würde unsere Vereinbarung nicht einhalten? Glaubst du das wirklich von mir?«

»Nein, aber ... Es ist ja auch besser, wenn so wenig Leute wie möglich darüber wissen.« Und wieder keck geworden: »Was du nicht weißt, macht dich nicht heiß.«

Ein paar Sekunden lang bohrte sich sein Schlangenblick in ihre Augen. Dann lächelte er. »Du bist mir vielleicht eine.« Und kniff ihr in die Wange. Es tat weh.

»Wo wir gerade darüber sprechen«, begann sie vorsichtig. »Ein Vorschuß ist nicht drin?«

»Nein.«

»Gerade jetzt könnte ich etwas Geld brauchen.«

»Ich sagte nein, und dabei bleibt es. Du bekommst die fünfzigtausend, wenn ich das Zeug habe. Nicht eher.«

»Ja, gut.« Sie trank ihren Espresso aus. Als sie vom Barhocker rutschen wollte, hielt er sie am Arm zurück.

»Du traust mir nicht, was?«

Das war so eine Situation. Wie in den Filmen. Nur, daß sie jetzt diese weibliche Hilflosigkeit nicht genießen konnte. Überhaupt nicht. Sie machte ihr nur Angst. »Wie kommst du darauf?«

»Antworte nicht mit einer Frage.«

»Natürlich trau ich dir.«

»Dann ist ja gut.« Er ließ sie los.

Bevor sie noch etwas sagen konnte, kam Jürgen herein.

»Da steckst du also«, sagte er und legte seinen Arm um ihre Taille. Mit geschlossenen Augen lehnte sie sich an ihn. Seine Nähe strahlte so viel Ruhe aus. Soviel Sicherheit.

»Ach, hat Jürgen es dir erzählt?« Marcel widmete sich wieder seinen Papieren. »Er wird uns für ein paar Tage verlassen.«

»Nein.« Sonja schaute an Jürgen hoch.

»Ist nur für eine Woche«, sagte er und drückte sie fester an sich.

»Ich hoffe«, sagte Marcel über die Schulter, »er wird dir nicht zu sehr fehlen.«

Natürlich wird er dir fehlen. Gerade jetzt.

****

Nachdem er seinen massigen Körper eine Stunde lang mit heißem Lavendelschaumbad und seinen Magen mit einem opulenten Frühstück verwöhnt hatte, schritt Benno unverzüglich zur Tat.

Um nicht von ihr abgefangen und bedrängt zu werden, rief er Mutter Lesniak freiwillig an.

»Nein«, sagte er auf ihre einzige Frage. »Sobald ich etwas weiß, stehe ich auf der Matte. Selbstredend.«

Als nächstes inspizierte er den Pfeifenschrank und kürte eine sandgestrahlte Peterson, eine Schönheit von Bartoli, eine Vauen mit weißem Punkt und zwei Stanwell zu seinen Begleiterinnen durch diesen Tag. Dazu eine Dose englischen Blend mit zwanzig Prozent Latakia und einen süßen Dänen.

»So.« Das Tagwerk konnte beginnen.

Als er vors Haus trat, hüllte ihn warmer Morgensonnenschein ein. Im Hausflur nebenan schepperte Oma Lene mit Zinkeimer und Schrubber. Eine Haarsträhne hatte sich aus ihrem Knötchen gelöst und hing ihr keck übers Ohr.

»Du biss aber spät dran, Dicken.«

Mit erhobener Stimme deklamierend, die Arme ausgestreckt, ging er auf sie zu.

»Ich habe diese Früh dir Rosen bringen wollen.
Mein Gürtel hat zu viele Rosen tragen sollen,
die Knoten hielten nicht die Last, die sie
umschlungen.«

»Benno, Benno«, sagte Oma Lene und wischte mit dem Ärmel über ihre Stirn. »Du wirs auch nich gescheit.«

»Und mein Gewand ist noch von ihren Düften schwer.
Atme von mir den Balsam der Erinnerungen.«

Damit zog er sie an sich und drückte ihr einen Kuß auf die Wange. »Das letzte Stück paßte nicht ganz. Morgen, Oma.«

»Morgen, mein Jung. Gibt et wat Neues von Harald?«

»Wir sind am Ball. Wenn er in der Stadt ist, kriegen wir ihn auch. Versprochen.«

»Immer muß ich an die arme Frau Lesniak denken. Wat die mir leid tut. De einzige Sohn.«

»Ihr redet alle, als wäre er tot.«

»Tja«, sagte Oma Lene und stützte sich auf den Schrubber. Sie stand noch so, als er bereits an der Scheune war und zurücksah.

Als erstes schellte er bei Butgereits. Aber Selma Butgereit war am Samstag mit ihrem Bruno im Phantasialand gewesen und am Sonntag ...

»... war unser Mechthild mit ihren Mann und die Kinder da. Haben wir hinten auffe Veranda gesessen und Kaffee getrunken. Ganzen Nachmittach, war doch son herrlichet Wetter, Herr Korn. Bis spät abends haben wir da gesessen. Wurd ja gar nich kalt, bis elf nich. Wer weiß, wie lang wir dat noch können, nich? Geht von heut auf morgen, dann isset Herbst. Man muß die schönen Tage nutzen, sach ich immer.«

Walter Paulukat, jetzt auch schon Rentner, hatte ebenfalls nichts mitbekommen. Samstags war er im Garten gewesen, und am Sonntag hatte ihn die Tochter abgeholt. Schon zum Essen.

»Und überhaupt, der ist doch nicht ganz richtig im Kopf. Wie der immer rumläuft, und die Nase hoch, als wenn er was Besseres wäre. Von mir aus kann der ruhig verschwinden. Nur um seine Mutter, da tut es einem doch leid.«

Die Braumüllers hatten Harald nicht gesehen, die Schürmanns nicht und auch Walter und Luise Riewe nicht.

Hilde Werntjes schnibbelte gerade Stangenbohnen.

»Muß mich ein bißchen beeilen. Kurt kommt heute schon um zwölf zum Essen. Den Lesniak? Nein, haben wir nicht gesehen. Hab schon gehört, ist ja furchtbar. Die arme Frau. Wie? Würden Sie das tun? Das ist aber nett. Brauchen Sie aber nicht.«

»Mach ich doch gern«, sagte Benno und fing an, den Speck in kleine Würfel zu schneiden. »Anscheinend hat ihn keiner von den Nachbarn gesehen.«

»Wie auch? Da achtet man ja auch nicht drauf, ob der Bengel wegfährt oder so. Wär ja, als würd man die Nachbarn bespitzeln. Ich bitte Sie, Herr Korn. Man hat ja genug eigenes am Hals. Und ob der Harald ein Mädchen mit nach Hause bringt, wenn seine Mutter nicht da ist... Ich bitte Sie. Ist doch ein junger Mann. Daß der überhaupt noch bei seiner Mutter wohnt.«

Benno rutschte beinahe das Messer aus. »Haben Sie das mal gesehen? Daß er ein Mädchen dabei hatte?«

»Da will ich nichts gesagt haben. Nicht daß es nachher heißt: Die Werntjes steht hinter der Gardine und...«

»Da sei Gott vor. Nur, wissen Sie, wir haben es der Mutter versprochen, daß wir ihn finden wollen. Und da ist die kleinste Kleinigkeit wichtig.«

»Also im Vertrauen«, wobei sie ihn an der Ecke seines Hemdkragens über die Tischecke zog, »ob er sie hiergehabt hat, kann ich nicht sagen. Aber daß er ein Mädchen hat, das ist sicher. Unser Klaus hat sie mal gesehen, wie sie mit seinem Auto herumkutschiert ist. In Essen, glaub ich.«

»Das ist ja mal ein Ding.« Benno probierte den Speck. »Tun Sie nicht so viel Salz an die Bohnen. Der Speck macht das allein.«

»Nee, nee. Darf ich ja gar nicht. Kurt hat ja wieder so ne Last mit dem Blutdruck. Aber ich würd das der Frau Lesniak nicht sagen, Herr Korn. Für die ist der Harald doch immer noch ein kleiner Junge. Und Sie wissen ja, wie solche Mütter sein können.«

»Wie denn?« fragte Benno, der das nicht wußte.

»Eifersüchtig«, sagte Hilde Werntjes. »Eifersüchtig.«

****

Haralds Chef hatte das Charisma einer Spalt-Tablette. Er hieß Kohlbrink. Beides glich er durch triefende Arroganz aus.

»Meine Zeit ist begrenzt, Herr...«

Schröder sah keinen Grund, solche Spielchen mitzumachen. »Es soll auch keine Talkshow werden. Wir suchen Harald Lesniak.«

»Im Auftrag seiner Mutter«, fügte Chris hinzu.

»Tja.« Kohlbrink drehte immer noch Wollis Detektivausweise zwischen den Fingern. »Er ist am Freitag das letzte Mal zum Dienst erschienen.«

Dienst nannte man das hier.

»Hat er irgend etwas gesagt? Wollte er vielleicht Urlaub haben? War er krank?«

»Nicht daß ich wüßte.«

»Hatten Sie den Eindruck, daß er in Schwierigkeiten war?«

»Ja.«

»Darf man fragen...?«

»Nein.«

Schon jetzt mißfiel Wolli der Stil ihrer Unterhaltung.

»Es ist wichtig, Herr Kohlbrink«, versuchte Chris. »Niemand verschwindet einfach so. Vielleicht ist er in Gefahr.«

»Das halte ich für ausgeschlossen.«

»Wieso?«

»Bedaure.«

Wolli sah, wie Christiane tief Luft holte.

»Herr Lesniak hat öfter Überstunden gemacht.«

»Wer sagt das?«

»Seine Mutter.«

»Da irrt sie. So etwas gibt es in unserem Hause nicht.«

»Niemals?«

»Wer seine Arbeit während des Tages nicht schafft, schafft sie auch des Abends nicht.«

»Seine Mutter sprach auch von einem Projekt, an dem er arbeitete. Kann sein Verschwinden damit zu tun haben?«

Kohlbrink sah auf. Mit einem anderen Gesicht hätte er amüsiert gewirkt. »Ein Projekt. So ein Unsinn. Herr Lesniak war einfacher Sachbearbeiter.«

»War?«

Ehe er sich zu einer Antwort durchrang, legte Kohlbrink seine Fingerspitzen gegeneinander. »Es geht Sie nichts an, aber Herr Lesniak ist seit gestern nicht mehr bei uns beschäftigt.«

»Oh«, sagte Chris. »Warum?«

»Wir sahen uns gezwungen, seinen Vertrag zu kündigen. Das hat nichts mit seinem...«, er schmeckte das Wort förmlich ab, bevor er es aussprach, »...Verschwinden zu tun.«

Wolli beugte sich ein wenig vor. »Da haben Sie aber den richtigen Zeitpunkt erwischt. Wissen Sie eigentlich, in welcher Verfassung seine Mutter ist?«

Bei Kohlbrink ging die letzte Jalousie runter. »Ich muß Sie bitten, die Entscheidungen unseres Hauses zu respektieren.« Und gab ihm den Ausweis zurück.

Die Audienz war beendet.

Mit dünnem Finger stach er auf seine Sprechanlage ein. »Die Herrschaften möchten gehen, Fräulein Liesenkötter.«

Chris stand auf. »Und vielen Dank für Ihr offenes Ohr«, sagte sie warmherzig und ergriff seine Hand.

Für eine Sekunde ging er der Kontrolle über seine Gesichtsmuskulatur verlustig.

Fräulein Liesenkötter hielt, was ihr Name androhte. »Den Gang hinunter und dann links.« Damit schlug sie die Tür hinter den beiden zu, daß ihnen der Luftzug um die Hacken wehte.

»Reizend«, sagte Chris. »Ein so zartes, feminines Geschöpf. Und was machen wir nun?«

»Den Gang hinauf und dann rechts.«

»Wenn das mal kein Theater gibt.«

»Ich will nur einen Blick in ... Entschuldigen Sie bitte.« Er stoppte eine Mutti mit knappsitzender Perücke. »Wir haben einen Termin mit Herrn Lesniak. Wo finden wir den?«

»Ich glaube, der ist nicht da. Aber versuchen Sie es mal in seinem Büro bei Frau Imhoff. Geradeaus, die dritte Tür.«

Wolli ging vor, klopfte kurz und trat ein. Ein Teeny schrak zusammen und preßte die Hand auf den Telefonhörer. Der Chef stand wohl nicht so auf Privatgespräche.

»Ja?«

»Frau Imhoff?« fragte Wolli überflüssigerweise.

»Die ist in der Kantine.«

»Aber das ist das Büro von Herrn Lesniak?«

»Der ist auch nicht da.«

Wolli nahm eine Karte aus der Brieftasche und reichte sie dem Mädchen. »Frau Imhoff möchte mich anrufen.«

»Okay.«

»Was machen Sie denn hier?«

Wolli drehte sich um. Chris drehte sich um. Hinter ihnen stand Fräulein Liesenkötter, die Arme vor der Brust verschränkt.

»Ich habs«, sagte Chris und schnippte mit den Fingern. »Wir haben uns verlaufen. Jawoll!«

»Siehst du«, sagte Wolli. »Und ich sag noch: Den Gang runter, sag ich. Runter, nicht rauf. Na, einen Supertag wünsche ich Ihnen«, klopfte der Chefsekretärin kumpelhaft auf die Schulter und ließ sie stehen.

»Die bauen aber auch seltsame Flure.«

»Und eine Tür sieht aus wie die andere.«

Sie fuhren zurück ins Büro. Vor der Wohnungstür stand ein Karton von der Größe einer Waschmaschine.

»Was ist denn das?«

»Das werden die Visitenkarten sein«, strahlte Chris. »Hab ich dir nicht erzählt? Sechzigtausend Stück für keine viertausend Mark. Also, da mußte ich einfach zugreifen.«

Wolli machte die Lippen schmal und riß den Deckel auf. »Da steht ein Fernseher drin.«

»Du hast den Durchblick, Chef. Das ist kein Fernseher, sondern ein Monitor. Hilf mir mal.«

Zu zweit schoben sie das Ungetüm in die Diele, wo es den Durchgang blockierte.

»Ich versteh kein Wort.«

Chris verschwand mit dem Oberkörper im Karton, tauchte auf und drückte ihm eine Tastatur in die Hand. »Keine Sorge, der kostet nichts. Hat mir Gerd-Uwe besorgt.«

»Soll das ein Rechenzentrum werden?«

»Wir müssen mit der Zeit gehen. Schließlich hat Rennecke auch einen Computer.«

»Aha. Und was tun wir mit dem Ding?«

»Briefe schreiben, Rechnungen, Berichte, Buchführung machen, Kundenkartei anlegen. So ein Computer kann quasi alles.«

Während Chris wieder im Karton verschwand, kam Benno aus der Küche.

»Post gekommen?« fragte er und wies mit dem Pfeifenstiel auf den Waschmaschinenkarton.

Bis zum frühen Abend überschlugen sich die Ereignisse nicht gerade. Benno versuchte, den Computer ans Laufen zu kriegen, kam jedoch über ein paar Kurzschlüsse nicht hinaus. In Sachen Steckverbindungen schien Gerd-Uwe seine eigenen Auffassungen zu haben.

Chris bügelte den Fragebogen, füllte ihn aus und nahm der Flaute wegen ihren »Hausfrauennachmittag«. Lord Pips nahm sie gleich mit, da Wolli und Benno am Abend zu einem Trinkgelage bei Karl-Josef eingeladen waren.

Kurz vor sechs war Wolli allein im Büro, hockte sich mit dem Fernglas ans Fenster und guckte beim Nachbarn gegenüber »Das Erbe der Guldenburgs«. In Farbe.

Mitten in einer Auseinandersetzung zwischen Ute Lemper und Christiane Hörbiger klingelte das Telefon.

»...ja?«

»Herr Schröder?«

»...ja.«

»Sybille Imhoff hier.«

Gerade wurde die Hörbiger von Weinkrämpfen geschüttelt. Daß man aber auch den Ton nicht hören konnte.

»Sind Sie noch dran, Herr Schröder?«

»... wie? Ja, natürlich.«

»Sie haben mir Ihre Karte dagelassen.«

»Ach, richtig.« Widerwillig legte er das Glas aus der Hand. »Es geht um Harald Lesniak. Wie Sie vielleicht wissen...«

Ein Schluchzen unterbrach ihn. Erschrocken griff er zum Feldstecher. Die Hörbiger war es nicht.

»Schrecklich. Ich... ich bin ganz außer mir.«

Da mußt du erst mal die Mutter sehen, wollte er schon sagen. Aber hallo! Ob die Imhoff das Mädchen war, von dem Bennos Nachbarin erzählt hatte?

»Hatten...«, er räusperte sich den Hals frei, »kennen Sie Harald näher?«

Schweigen.

Ja, Mann! Wenn sie nichts zu sagen hatte, warum ließ sie

ihn nicht in Ruhe fernsehen? Inzwischen lief ihm da drüben die Handlung weg.

»Müssen wir das am Telefon besprechen?« meldete sie sich nach ein paar Sekunden wieder.

»Wenn Sie wollen, komme ich bei Ihnen vorbei. Ich habe hier noch bis ...«, ein Blick aufs Programmheft, »... 18 Uhr 20 eine Besprechung.«

»Das wäre sehr nett, Herr Schröder. Warten Sie, ich gebe Ihnen meine Adresse.«

Das Glas schon wieder am Auge, notierte er sich eine Anschrift in Kettwig. »Okay. Wir sehen uns später.«

Die Moselstraße lag in einem Neubaugebiet über dem Ruhrtal. Am Kunstmarmor und den Grünpflanzen im Treppenhaus konnte selbst ein Depp die Höhe der Kaltmiete ablesen. Sie lag unverschämt weit jenseits der Tausendmarkgrenze.

Sybille Imhoff erwartete ihn in der Tür. Eine gut geschminkte Mittvierzigerin. Typ: alleinstehende Bibliothekarin.

»Gnä' Frau.«

»Guten Abend, Herr Schröder.« Sie gab ihm die Hand und führte ihn in ein Wohnzimmer, in das ohne Mühe seine ganze Wohnung gepaßt hätte.

»Einen Kaffee?«

»Wenn Sie ein Bier zur Hand hätten ...«

»Ah, ein richtiger Mann.«

Schade. Es war nicht, was sie gesagt hatte, sondern wie. Dieses Gurren schlug die Bibliothekarin augenblicklich in Stücke. Vor dieser Art Frauen mußte man sich auf Betriebsfesten in acht nehmen.

Er setzte sich und sah sich um. Moderne Möbel mit antiken gemischt, alles ordentlich und sauber. Nicht seine Welt. Viel zu teuer. Auch für jemanden, der bei Chemo-Partner arbeitete.

Sie kam, brachte Bier, nötigte ihm ein Glas dazu auf, sagte

»Pröstchen« und trank ihm zu. Man plauschte noch so hin und her und kam dann endlich zur Sache.

»Harald steht schon lange auf der Abschußliste. In den letzten Wochen hat er immer häufiger gefehlt. Manchmal ganze Tage, dann wieder nur für ein paar Stunden. So was geht natürlich auf die Dauer nicht. Und seine Leistungen ...«

»... hielten sich in Grenzen.«

»Ach«, sie winkte ab. »Die Kündigung hat er sich selbst zuzuschreiben. Abteilungsleiter sollte er werden. Vor zwei Jahren hätte niemand daran gezweifelt. Und jetzt? Der Junge steht einfach nicht mit den Beinen auf der Erde.«

»Wie kommen Sie darauf?«

»Ich mache mir solche Sorgen.« Wich sie aus? Ein Schluchzen kündigte sich an, wollte aber nicht kommen. Statt dessen drückte sie ihre Faust vor den Mund. Auch gut.

»Haben Sie einen bestimmten Grund dazu?«

Ihre Augen waren verschleiert, als sie ihn ansah. »Bitte?«

»Na ja, Sorgen machen wir uns alle um ihn. Niemand weiß, wo er steckt und was das alles soll. Nur, Ihre Sorge scheint mir da irgendwie ... konkreter zu sein. Wieso steht er nicht mit den Beinen auf der Erde?«

Sybille Imhoff tupfte sich die Augen und schob das Taschentuch unter ein Sofakissen. Als habe sie sich vorgenommen, heute nicht mehr zu weinen.

»Seine Leistung war es ja nicht allein. Weswegen ich Sie eigentlich angerufen habe: Es ist in der letzten Zeit von gewissen ... Unregelmäßigkeiten getuschelt worden. Darum hat Kohlbrink ihn rausgeworfen.«

»Was denn für Unregelmäßigkeiten?«

»Keine Ahnung.« So wie sie ihn ansah, stimmte das. »Es wird getuschelt, wie üblich. Aber niemand weiß wirklich etwas.«

»Dann stand er kurz vor der Entlassung?«

Sybille nickte.

»Und er wußte das?«

»Ja. Sicher. Wir haben sogar darüber gesprochen. Aber er tat so, als mache ihm das nichts. Er sagte, er habe da ein Eisen im Feuer. Für alle Fälle. Klingt kindisch, nicht?«

»Ja, doch. Kann man so sagen.«

»Darum meine Bemerkung. Er war ... auf eine bestimmte Art war er noch ein Kind. Jedenfalls machte er manchmal den Eindruck. Ich fürchte, er ist da in eine dumme Sache hineingeraten.«

»Dieses Eisen im Feuer, tja. Ist er nicht mal ein bißchen deutlicher geworden?«

»Nein.«

Wolli steckte sich eine Zigarette an. Von allen Beteiligten schien Sybille Imhoff die einzige zu sein, die Harald wirklich gekannt hatte. Oh, jetzt sagte er schon »hatte«.

»Ich müßte da mal eine sehr persönliche Frage stellen.«

Ihre Augen wurden etwas größer. »Fragen Sie.«

»Hatten Sie ein Verhältnis mit Harald?«

Einen Moment stand ihre Mimik auf der Kippe, dann lächelte sie nur und schüttelte langsam den Kopf. »Herr Schröder, der Junge könnte fast mein Sohn sein.«

»Ah, ja?« Ein Grund war das nicht unbedingt. Eine Antwort auf seine Frage schon gar nicht. »Hätte ich nie gedacht«, fügte er artig hinzu.

Sie bedankte sich mit einem Lächeln. »Unser Verhältnis, wenn man so sagen kann, war allerdings ein recht vertrautes. Zeitweise jedenfalls.«

»Nun könnte es ja sein«, überlegte Wolli laut und trank das Bier weg, »daß diese Unregelmäßigkeiten was mit seinem Beruf zu tun hatten. Was hat er denn so gemacht?«

»Unmöglich. Wir handeln mit Chemikalien und Laborgeräten. Harald und ich sind für den Einkauf von Grundsubstanzen für Reinigungsmittel zuständig.«

»Reinigungsmittel.« Wolli trank noch mal am leeren Glas. Es funktionierte nicht. Das mit dem einen Bier hatte sie wohl wörtlich genommen. »Ich hätte trotzdem gern die Telefonnummern und Namen seiner Lieferfirmen. Geht das?«

Sie nickte.

»Und alles an Privatkram aus seinem Schreibtisch?«

»Ich versuche es.«

»Heißen Dank.« Da es nichts mehr zu trinken gab, konnte er auch gehen. »Ach, wie war das mit Ihrem Vertrauensverhältnis?«

Schlagartig wurde sie verlegen. »Nun ja«, sagte sie und fummelte an so einem Halskettchen rum. »Das kann man nicht so einfach sagen.«

»Versuchen Sie es.«

»Na, es gibt halt Männer, mit denen sich eine Frau gut versteht. Mit denen man über all diese ... Dinge reden kann.«

»Für den Fall, daß ich auch zu diesen Männern gehöre«, hakte er nach. »Was sind denn das für Dinge?«

»Na, alles halt.« Das war ein klares Ausweichen.

»Tja, dann ...« Er stand auf. Anscheinend war das mit dem Bier gewollt, denn ohne Zögern brachte sie ihn zur Tür.

»Halten Sie mich auf dem laufenden?«

»Aber laufend, gnä' Frau.«

»Er ...« Sie stockte. »Ich glaube, er war sehr unglücklich.«

»Warum?«

»Ich weiß es nicht. So etwas spürt man.«

Auf jeden Fall hatte ihm Sybille für die Rückfahrt einiges zum Grübeln eingepackt. Beispiel: »... er war sehr unglücklich.« War. Ist, hätte sie sagen müssen. Es sei denn ... Ach, Blödsinn. Man konnte sich auch was einreden, wenn man wollte.

Eins stand jedenfalls fest: Das Schnittchen war hochgradig in den hübschen Harald verschossen. Was nicht unbedingt für ihren Geschmack sprach. Aber in ihrem Alter ... Angebot und Nachfrage.

Und sie mußte über mehr Geld verfügen, als ihr Job hergab. Ob sie geschieden war?

Fragen, Fragen, Fragen. Er war zum Geburtstag eingeladen. Das war jetzt wichtig. Alles andere hatte zu warten.

****

»Nach Frankfurt? Was machst du denn in Frankfurt?«

»Geschäfte.« Er legte seinen Arm um ihre Taille. »Dauert ja nicht lange.«

»Ausgerechnet jetzt, wo ich gerade erst bei dir eingezogen bin, fährst du weg.«

»Wenn ich wiederkomme . . .« Er flüsterte ihr ins Ohr.

Sonja kicherte und machte sich frei. »Hilfst du mir?«

»Klar. Was soll ich tun?«

»Den Tisch decken.«

Sie ließ Wasser ins Becken laufen und wickelte den Salatkopf aus dem Zeitungspapier. Als hätte sie nie etwas anderes gemacht. Sonja, die sorgende Hausfrau. »Ist das nicht alles wunderschön?«

»Ja und nein.« Jürgen schnitt Scheiben vom Weißbrot ab. »Mir wäre lieber, du würdest dich nicht mit Marcel einlassen.«

»Warum? Du arbeitest doch auch für ihn, wohnst sogar hier?«

»Das ist was anderes.«

»Wieso? Warum soll ich das nicht genauso machen?«

»Mir gefällt das nicht.«

»Daß ich bei dir wohne?« Mit künstlichem Erstaunen drehte sie sich zu ihm.

Erwartungsgemäß schüttelte er den Kopf. »Das meine ich doch nicht. Natürlich freue ich mich, daß wir jetzt fester zusammen sind. Aber alles unter Marcels Dach . . . Ich weiß nicht.«

»Aber ich brauche einen Job.« Äußerlich ruhig fing sie an, den Salat zu zerpflücken. Klar, was jetzt kam. »Und es ist so praktisch. Ich wohne hier, ich arbeite hier.«

»Dieses Geschäft, das ihr da ausgeheckt habt, gefällt mir auch nicht.«

Sonja seufzte. »Du weißt genau, wie sehr ich auf das Geld angewiesen bin. Fünfzigtausend. Jürgen!« Sie suchte seine Augen. Warum mied er ihren Blick? »Das ist die Chance meines Lebens, meines armseligen, verpfuschten Lebens. Versteh das doch.«

Eine Gabel klirrte auf den Boden.

»Jürgen, bitte.«

Jürgen nickte mit zusammengepreßten Lippen.

»Wenn das Zeug gut ist, kann das ein regelrechter Geldregen werden. Das bleibt nicht bei den fünfzig Riesen. Mensch, damit können wir zwei vielleicht was Eigenes auf die Beine stellen.«

»Wie meinst du das?«

Einen Moment lang war sie zu verblüfft, um zu antworten. Hatte er nicht selbst oft genug davon gesprochen? »Ja, ein richtiges Leben, zusammen sein. Eine ...«

»Eine Ehe?«

»Warum betonst du das so seltsam?«

»Dummerchen.« Er drückte ihr einen Kuß auf die Schläfe. »Ich warne dich. In Wirklichkeit bin ich ein furchtbar langweiliger Ehemann. Abends wirst du mir die Pantoffeln vor meinen Sessel stellen und ...«

Sie ließ die Blätter ins Wasser fallen und legte ihm die Arme um den Hals. »Ich träume von nichts anderem.«

Als er sie küßte, war es ganz nah. Ein Häuschen vor der Stadt. Sie beide zusammen. Mann und Frau. Für immer.

»Du siehst, es geht nicht anders«, sagte sie und machte sich wieder an den Salat.

»Versprich mir, daß du vorsichtig bist.« Jetzt hatte er wieder den väterlichen Ton drauf. »Du weißt, was Marcel mit den Mädchen macht.«

»Nein. Und ich will es auch nicht wissen.«

Seine Hände legten sich auf ihre Schultern. Sein Gesicht war ganz nah. »Das sind allesamt speedies.«

»Ich nicht.« Unwillig löste sie sich. »Es interessiert mich auch nicht, ob er ihnen DOM gibt oder was auch immer.«

»Sonja.«

»Ich kann sehr gut auf mich aufpassen.«

Ein paar Sekunden schwieg er, druckste irgendwie herum.

»Was ist denn? Nun sag schon«, drängte sie.

»Die Sache mit...« Traute er sich nicht, Haralds Namen auszusprechen? »Das wäre nicht nötig gewesen.«

»Wir haben es doch ausführlich besprochen. Da hättest du ja was sagen können.«

»Damals war das reine Theorie. Du hast mir die Geschichte ja völlig aufgedrängt.«

»Was sollte ich anderes tun? So ist es doch viel besser, und niemand kann drauf kommen.«

Hart setzte er die Teller ab. Ein ungewohnter Ausdruck war in seinen Augen. »Nimm mir das nicht übel, aber irgendwie finde ich das pervers. Ständig sprichst du davon, daß du ihn umgebracht hast. Umgebracht, das sagst du so einfach. Das geht dir so problemlos über die Lippen.«

»Weil es wahr ist.« Jetzt mußte sie einfach laut werden. Kapierte er das denn nie? »Früher oder später mußte er weg. In dieser Sache ist nicht Platz für ihn und mich.«

»Sonja.« Diesmal war sein Griff roh.

»Nein«, schrie sie und riß sich los. »Er ist tot, tot, tot. Versteh das endlich!«

»Ich kann das aber nicht verstehen. Ich kann Menschen wie dich nicht verstehen. Ihr seid was anderes, was... Exotisches.«

Ehe sie das noch verdauen konnte, drehte er sich um und war aus der Küche. Hinter ihm knallte die Tür ins Schloß.

Der Salatkopf platschte ins Wasser. Tränen kamen von selbst. Sie wischte mit dem Blusenärmel über ihre Augen, suchte mit der nassen Hand nach einem Taschentuch. Fand keins. Heulte los. Weinte, hemmungslos, wie sie es lange nicht mehr getan hatte. Bis endlich alles heraus war, alles, und nur eine beklemmende Ruhe in ihr zurückblieb.

Eine ganze Weile blieb sie so stehen, die Hände auf die Spüle gestützt, und sah hinaus über die Dächer. Ohne was zu sehen.

Warum rastet er jedesmal an diesem Punkt aus? Ist das so schwer zu ertragen? Wie gern würdest du mit ihm darüber sprechen. Über Harald und ... Mit wem denn sonst. Du hast doch niemanden außer Jürgen. Und schließlich ... schließlich hast du es doch auch für ihn getan.

Als sie ins Wohnzimmer ging, war er nicht mehr da.

Sie warf zwei Dragees in den Mund, schlüpfte in ihre Jacke und nahm den Schlüssel zu seinem Wagen. Es war sentimental, aber irgendwie mußte sie es tun.

****

Zwei Hundert-Liter-Fässer waren vor dem Haus aufgebockt. Petra und Marianne schwitzten neben der Kegelbahn an einem tischgroßen Grill, von dem beißender Rauch aufstieg. Über dem Tor umkränzte ein jetzt schon schiefhängender Lorbeer aus golden angemalter Pappe eine 50. Die Gartenwirtschaft war proppenvoll, bis an die letzte Hecke.

Schmauchend, die Hände über dem Bauch gefaltet, beobachtete Benno das hektische Treiben. Gerade verschwand Elke Plaßmann mit einem Tablett Schnaps zwischen den palavernden Herren vom MGV Concordia. Alle in dunkler Hose und weißem Hemd. Auf Jacken hatte man sogar während des halbstündigen Ständchens verzichtet.

Neben ihm knurrte was.

»Nun laß dich nicht so hängen.« Er packte Kais pendelnden Körper und setzte den Freund gerade in den Korbsessel. Selbst für Kais Verhältnisse war diese Romanze enorm schnell zerbröselt.

»Willst du nicht ein bißchen schlafen?«

»Bin topfit.«

»Ah, ja.« Benno schob die Pfeife in den anderen Mundwinkel, stand auf und reckte sich krachend. »Bin gleich wieder da. Fall mir nicht um.«

Kai machte eine wild rudernde Armbewegung, dann legte er den Kopf auf den Tisch.

Etwas blinkte im Gras. Als Benno sich bückte, war es ein Kettchen aus Gold mit einem Herzen dran. ». . . Yvonne. Für immer«. Na ja. Er steckte es in die Hosentasche. Vielleicht konnte man die Gravur ausschleifen. Fürs nächste Mal.

Da er, wie man hier sagte, »Kind im Haus war«, holte er sich seine Flasche Weißburgunder selbst aus der Küche.

Beim Herauskommen, auf der Treppe, traf er Klaus Werntjes.

»Mutter sagt, du wärst heute morgen bei ihr gewesen.«

»Hm.« Benno sah sich nach einem Korkenzieher um. »Hast ja bestimmt vom Lesniak gehört.«

»Schon. Aber wieso ist der weg?«

»Tja, wenn ich das wüßte. Möglicherweise kannst du mir da helfen. Deine Mutter sagte was von einem Mädchen.«

Klaus kratzte sich den Hinterkopf. »Das ist aber lang her. Vergangenen Herbst oder so. Bestimmt willste wissen, wie die aussah, was?«

»Wär nicht schlecht.« Zur Not mußte er den Korken eindrücken.

»Na ja, abends in Essen. Wir kamen mit ein paar Leuten aus der Lichtburg, und da ist doch diese Fußgängerampel. Und wie wir da stehen, fährt diese Puppe vorbei. In Haralds Auto.«

»Irrtum ausgeschlossen?«

»Klar. Hab sogar die Autonummer erkannt. Er wohnt ja direkt neben uns. Weißt du, ich hab das sofort geschnallt, weil er nicht selbst hinterm Steuer saß.«

»Und? Was war denn das für eine?«

Klaus schien da was zu haben, er kratzte sich schon wieder. »Puh! So ne Mieze halt. Dunkle Haare, viel Farbe im Gesicht. Ne Braut für die Schnelle, würd ich sagen. Hätt ich dem Softy gar nicht zugetraut.«

»Ich nehme an, es war eine Kollegin von ihm«, meinte Benno und spinste an ihm vorbei. »Saß er mit drin?«

»Nee, nur die Perle. Sag mal, was guckst du denn so? Du machst mich ganz rappelig.«

»Ich suche einen Korkenzieher.«

Gott sei Dank hatte Klaus ein Offiziersmesser dabei.

»Bei Gelegenheit opfere ich dir eine Kerze.« Er patschte ihm auf die Schulter und drängte sich nach vorn.

Inzwischen war auch die Freiwillige Feuerwehr eingetroffen und das Dritte Bataillon des Schützenvereins Heidhausen e.V. Die Jungs von der Concordia stimmten was mit »diridomba, diridomba« an. Erste Köpfe wurden rot und letzte Hemdsärmel aufgerollt.

Am Bierstand war die Hölle los. In einer Traube von Leuten entdeckte er Wolli und drückte sich zu ihm durch.

»Toll«, sagte Karl-Josef gerade. »So was hat mir noch keiner geschenkt.« Es war nicht herauszuhören, wie er das meinte. Auf dem Tisch vor ihm stand ein kleiner Plastiksarg, aus dem sich schnarrend ein Gerippe erhob. Eine Zigarette unter den Armknochen.

»Praktisch denken, Särge schenken.«

»Toll«, wiederholte der Wirt. »Petra, gib dem Schröder mal einen Obstler.«

»Ich dachte, wo du dir das Rauchen abgewöhnen willst«, sagte Wolli, nahm sich einen Schnaps und kippte ihn. »Ooouuuhhh!«

»Lecker?« fragte Petra.

Schröder hechelte nach Luft. »Mann! Der frißt sich ja durch jeden Lappen.« Er griff panisch nach seinem Bier, trank und folgte Benno unter die Bäume.

Kai blinzelte ihnen entgegen.

»Ist der schon wieder voll«, sagte Wolli.

»Hassu grade nötich.«

»Ich glaub, du verliebst dich nur ständig, damit du dich anschließend besaufen kannst.«

»Ach?« Wie eine Natter fuhr Kai hoch, schluckte mit starren Augen, schwankte leicht und taumelte dann in Richtung Toilette.

Wolli erzählte von Sybille Imhoff.

»Unregelmäßigkeiten«, brummte Benno. »Heißes Eisen, oje. Das hört sich verdammt nach Abrutschen ins Kriminelle an.«

»Mit Reinigungsmitteln? Abrutschen könnte er darauf... Nicht gut? Na, manche Gags verschleißen sich. Am Ende kommt raus, daß er uns alle verarscht hat.«

Benno sah von seinem Wein auf. »Niemand verschwindet, ohne eine zweite Unterhose einzupacken.«

Gegen eins nahmen sie Kai zwischen sich und zogen übers Feld gen Birkenhof.

»Dieses Gegrille und Gegröle geht mir auf den Zeiger«, gab Wolli schwerzungig von sich. »Ist doch kein Trinken.«

»Sobald wir Mama Lesniak den Sohn an den Busen gedrückt haben, setzen wir uns mal wieder zusammen.«

»Jau«, begeisterte sich Schröder. »Met und Branntewein. Aus den Hirnschalen unserer Feinde.«

Zur Bekräftigung stimmten sie Bennos Lieblingslied, die Hanna Cash, an. Jeder eine andere Strophe. Braumüllers Hund riß fast den Zwinger ab, als sie über den Hügel kamen.

»He.« Benno blieb stehen.

Unter ihnen stand ein großer, dunkler Wagen.

»Lie... Liebespärchen«, meinte Wolli.

»Mitten auf der Straße? Komm, wir gehen da mal vorbei.«

Sie waren noch keine zwanzig Meter heran, da wurde der Motor gestartet. Ohne Licht verschwand der Wagen in der Kurve.

»Tss«, machte Benno. »Ein Amerikaner war das. Kennst du jemanden, der so einen Schlitten fährt?«

Wolli wurde einer Antwort enthoben, weil in diesem

Augenblick Kai zwischen ihnen weg auf den warmen Asphalt rutschte.

»Komm«, sagte Benno.

Nicht ohne Mühe zogen sie ihn hoch und bogen in den Weg zum Hof ein.

Bei Frau Lesniak brannte noch Licht.

****

Chris hatte sich auf elf Uhr eingestellt, frühestens auf zehn. Von wegen. Kaum lief der Kaffee durch, schoß Lord Pips aus dem Körbchen und baute sich steif-zitternd und kläffend vor der Korridortür auf. Es klang, als würde man Fingernägel über eine Schiefertafel ziehen.

»Eines Tages«, sagte Schröder und schüttelte ihn vom Fuß, »kommst du in einen schönen Gießharzblock. Damits endlich a Ruh gibt. Morgen, Chris.«

»Ihr? Jetzt schon?«

»Na.« Benno klapste ihr den Arm. »Du bist ja auch recht zeitig vom Futon hoch, was?«

»Der frühe Vogel fängt den Wurm.«

»Sieh sie dir an!« Wolli blieb vor ihr stehen, mit ausgestreckten Armen, die Hände gespreizt. »Nein, bleib stehen. So wie du bist. Ganz genau. So, ja so. Ist sie nicht schön? Ist sie nicht wunderschön? Wie ihr Haar so zart vom ersten Morgenlichte wird geküßt. Schier will es mich zerreißen. Ich könnte schreien vor Glück.« Und preßte sich die Faust vor den Mund.

»Unser Wolfgang«, sagte Chris und klopfte ihm beruhigend das Schulterblatt. »War wohl en ziemliches Nirwana-Saufen.«

»Keine nennenswerten Entartungen«, berichtete Benno und zog sich den Besucherstuhl ran.

»Schon gefrühgestückt?« fragte Chris.

Benno schüttelte den Kopf.

»Es hat mich so nach dir verzehrt.« Schröder erschien mit Kaffeekanne und Tassen. »Jetzt machen wir erst mal Bräkfest. Kuck doch mal im Brotschrank nach, da muß noch Mürbestuten sein.«

Mit einer Handbewegung wischte Benno das Durcheinander auf Schröders Schreibtisch beiseite. Während sein Teewasser summte, schleppten sie den Inhalt des Kühlschranks aus der Küche.

Zehn Minuten später saßen sie beim Frühstück. Einschließlich Hund. Der Einfachheit halber bekam Lord Pips heute sein Drei-Gänge-Menü in einem Gang. Er schmatzte es trotzdem weg.

Es war schön. Die Sonne schien ins Büro. Verkehrslärm brandete durchs offene Fenster. Und im Radio sülzte Helmut, der Kanzler vom fernen Wolfgangsee, er sehe dem dräuenden Parteitag »... mit sehr großer Gelassenheit entgegen«. Worauf Lord Pips sein Frühstück unterbrach und anfing wie ein Wolf zu heulen.

»Urinstinkte«, sagte Wolli und fuhr fort, von den Neuigkeiten zu berichten. »Diese Imhoff...«

»Ruhig mal«, hob Benno die Hand.

»... erreicht uns ein Notruf. Herr Wenzel Hundacker aus Finnentrop-Serkenrode, unterwegs im Raum Schmallenberg-Bödefeld mit einem pinkfarbenen Opel Rekord, wird dringend gebeten, seine Mutter anzurufen. Ich wiederhole: Herr Wenzel...«

»Wär auch ne Möglichkeit«, meinte Chris und riß einen Becher Dickmilch auf. »Na, mal probieren, Chef?« Und hielt ihm den Löffel vors Gesicht.

Schröder wechselte die Farbe und griff sich würgend an den Hals. »Machs tot.«

Benno nahm sich ein Schoko-Wölkchen vor. »Anstellerei.«

»Ich bin algerisch gegen Milch«, stöhnte Wolli und überlegte, was an dem Satz falsch war.

»Ob wir mal Haralds Chef antesten?« fragte Benno ungerührt.

Eine Hand um die Dickmilch, die andere am Telefon, wählte Chris die Nummer von Chemo-Partner. »Jaaa«, strahlte sie in den Hörer. »Ullmann hier, Detektei Schröder. Eine winzigkleine Auskunft? Nein? Na, ganz kurz nur.«

Das Wort Unregelmäßigkeiten fiel auf keinen fruchtbaren Boden. Man konnte förmlich hören, wie sich Kohlbrinks Abwehrsysteme in Stellung brachten. »Kein Kommentar«, sagte er knapp.

»Eine Andeutung würde uns schon helfen.«

»Kein Kommentar.«

»Aber es gab solche Unregelmäßigkeiten?«

»Kein Kommentar«, und nach einer Sekunde, »... äh, woher wissen Sie eigentlich davon?«

»Kein Kommentar«, sagte Chris und hängte ein. »Der Typ kann einen echt bocklos machen.«

Danach rief Benno Frau Lesniak an. Nein, sie kenne niemanden mit einem amerikanischen Auto. Harald hätte auch niemanden mit einem amerikanischen Auto gekannt. Und ob ...?

»Nein, noch nicht. Ja, ich melde mich, sobald ... Natürlich.«

Er hatte den Hörer noch nicht ganz aufgelegt, da schellte das Telefon. Christianes Hand war schneller.

»Schröder-International-Detective-Agency.«

»Enterprises«, fügte Schröder hinzu.

»Enterprises«, sagte Chris in den Hörer. »Glauben Sie nicht? So. Na, was gibts denn, Herr Pelldorf?«

Die Jungs beugten gleichzeitig ihre Köpfe an den Hörer.

»Wir haben da was«, sagte Pelldorf. »Vom Straßenverkehrsamt. Dieser Käfer ist gestern morgen abgemeldet worden.«

»Was?« Wolli zitterte die Unterlippe.

»Hören wohl alle mit, wie?«

»Ist ziemlich eng hier«, sagte Chris, zwischen Bennos und Schröders Kopf eingekeilt.

»Ja, also das neue Kennzeichen ist E für Essen...«

»Von wem abgemeldet?« keifte Wolli.

»Brüll mich nicht an, Schröder. Ja, also... der Typ heißt Willming, Vorname Heinz-Georg.«

»Kenn ich nicht.« Benno schüttelte den Kopf.

»Wer ist denn das?« fragte Chris und angelte nach Block und Kuli. »Was? Ein Schrotthändler?«

»Schrott, Gebrauchtwagen und so. Der hat einen Platz in Freisenbruch, Eibergweg. Hilft euch das weiter?«

»Ich könnte dich knutschen, alter Schwede«, rief Wolli.

»Igitt! Tschüßchen, also.«

»Tschüß...« Chris legte benommen auf.

Benno fand als erster die Sprache wieder. »Das sieht aber verdammt schlimm aus für unseren Harald.«

»Komm.« Wolli sprang auf. »Den nehmen wir uns vor.«

»Eh, ich will mit.«

Wolli schüttelte den Kopf. »Nix für Frauen.«

»Wie bitte?« Chris stützte ihre Hände auf den Tisch. »Dir drückt wohl noch das Freibier gegen die Hirnrinde. Was glaubst du eigentlich, was ich bin? Deine Telefonmaus? Auf den Hund aufpassen, das darf ich. Aber wenn es spannend wird, soll ich im Büro bleiben. Klar, ich kann ja schon mal das Frühstück wegräumen. Oder abwaschen! Oder deine Socken stopfen!«

Wolfgang Schröder holte tief Luft, sah dann Bennos Blick und atmete aus. »Fein«, sagte er. Mehr nicht.

Hätte sie ihm auch nicht empfohlen.

Sie stiegen in Bennos alten Mercedes. Sicher, sie hatte die Story mal gehört. Daß Benno den Wagen vor sechs Jahren gekauft und seitdem nicht mehr darin aufgeräumt hatte. Und wie Irmchen auf dem Rücksitz eine Ansichtskarte von 1987 – Herzliche Grüße vom Rolandsbogen – fand, die Oma Lene nie erreicht hatte. Sicher. Aber was sind Anekdoten im Vergleich mit der Wirklichkeit?

»Sitzt du bequem?« fragte Benno über die Schulter, während er das Auto auf der Steeler querstellte, damit man ihn in den Gegenverkehr ließ.

»Super«, ächzte Chris und zerrte einen Rucksack mit Einmachgläsern vom Sitz. Und was, um alles in der Welt, machte ein unbewohnter Hamsterkäfig in diesem Auto?

Wolli steckte sich eine Zigarette an. »Ich will Rennecke ja nicht in den Himmel heben, aber...«

»...er stellt eine gewisse Ergänzung dar«, bestätigte Benno.

Irgendwie verstand Chris das nicht. »Wieso kriegt Pelldorf so eine Information und wir nicht?«

»Tja...«, sagte Wolli. »Normalerweise kommen da nur Bullen oder Anwälte dran. Da gibts nämlich so ein Kennwort, das ständig geändert wird.«

»Und Pelldorf...?«

»Pelldorf«, winkte Benno ab. »Der geht ab und an mit den richtigen Leuten einen Happenpappen essen. Oder schickt mal en gutes Fläschchen zwischendurch. Weißt schon.«

»Wie immer und überall.« Chris hatte endlich eine halbwegs bandscheibenfreundliche Sitzposition erreicht.

»Die Sauerei ist, daß uns der Spaß einen halben Tausender kosten kann. Falls Pelldorf schlecht drauf ist.«

»Das ist nicht zufällig ein lustiger Spaß?«

»Nee, nee. Wären wir über die Bullen gegangen, wären wir mit zehn Mark dabeigewesen. Dann hätten wir allerdings unser berechtigtes Interesse nachweisen müssen. Und das ist in diesem Fall so ne Sache.«

Die anschließenden fünfzehn Minuten bis nach Steele verwendete Chris auf eine kritische Reflexion der Marktmechanismen im bundesdeutschen Detektivgewerbe. Sie brachte nichts.

»Jetzt rechts, Dicker. Mann, der hat sich aber versteckt.«

Benno bog von der Bochumer Landstraße in den Sachsenring ab.

»Und links, und nochmal links.«

Es war grün, es gab Wiesen, es gab Bäumchen und ganz weit weg ein Bauernhaus. Wie in der richtigen Natur. Der Himmel über Freisenbruch war blau.

Ein Maschendraht tauchte auf, dahinter ein Berg aufgetürmter Schrottautos und zwei Schuppen.

»O Gott! Wie niedlich.«

Mit hochstehendem Nackenfell, die Lefzen über die Fänge gezogen, stemmte sich blaffend eine kalbsgroße Dogge gegen die Kette.

»Na, Kotzer«, grinste Wolli mit einem Blick auf Lord Pips, der sich in Christianes Armbeuge drückte. »Willst du en bißchen mit dem da spielen?«

»Sei nicht geschmacklos.« Chris schluckte sich den Hals frei und steckte Pips unter eine Decke. Schrottplätze hatten ihr noch nie gefallen. Aber dieser hier ... Nun. Sie hatte ja unbedingt mitkommen müssen. Vorsichtshalber blieb sie ein bißchen hinter Bennos Rücken.

»Keiner im Laden?« krakeelte Schröder. »Oder habt ihr die 20-Stunden-Woche drauf?«

Aus einem der Schuppen kam ... tja. Chris und Wolli waren vor einigen Wochen im Neandertal-Museum gewesen. Irgendwie mußte sie dran denken. Der Typ kam langsam auf sie zu, dabei riß er mit den Nägeln die Schalen von einer Apfelsine.

»Ein Orange-Utan«, brummte Benno.

»Wetten«, sagte Wolli, »das sollte ne Eimer-Geburt werden.«

»Wasn los?« wollte der Affe wissen. Schwarze Haare schoben sich überall aus dem Unterhemd und krochen ihm über die Arme, bis auf die Handrücken.

»Herr Willming?«

Der Affe nickte. Es sah gefährlich aus.

»Wir kommen wegen dem Heizöl-Porsche, den Sie gestern abgemeldet haben.«

Willming hob eine klebrige Hand ans Ohr und drückte es nach vorn. »Heh?«

Chris lugte an Benno vorbei, konnte aber weit und breit keinen Käfer entdecken.

»Wir würden gern wissen, woher Sie den haben. Der gehört nämlich einem Freund von uns.«

»Weiß nicht, was ihr wollt.«

»So«, sagte Benno. »Ich hab meinen Spruch gesagt, nun bist du dran.« Sprachs, packte den Mann bei den Armen und hob ihn mitsamt Apfelsine auf ein Ölfaß.

Willming quietschte wie eine Ratte und strampelte. »Bist du bescheuert, eh?«

Wolli nahm einen Autoreifen und schob ihn dem Affen über den Kopf bis auf die zusammengepreßten Arme. »Besser so?«

»Hännes«, schrie Willming und versuchte sich aus dem Reifen zu winden. »Hännes, komm her, du Arsch!«

Aus demselben Schuppen schlich eine Art Skinhead, blieb stehen und fing an zu lachen. »Eh, wat hamse denn mit dir gemacht, Heinzi?«

»Steh da nicht so blöd rum! Mach wat!«

Unauffällig wechselte Christiane neben einen Haufen Bleirohre. Falls tätige Mithilfe gefragt war...

Zwischenzeitlich hatte Hännes begriffen. Den Kopf zwischen die Schultern gezogen, die Arme abgewinkelt, kam er drohend auf Wolli zu. »Hass wohl Spaß am Rollstuhlfahren, wa?«

Zwei Meter vor dem Dienstrevolver blieb er ruckartig stehen.

»Da rüber«, sagte Wolli lässig, »oder ich dreh dir den Stiel aus der Birne.«

»Kann mal jemand die Töle leiserstellen?« fragte Benno.

Hännes drückte sich neben seinen Chef an die Schuppenwand.

»Ich frag nicht gern zweimal.«

»Down«, schrie Willming in Richtung Dogge. Sieh an, er kannte ein Fremdwort. Der Hund verzog sich in seine Hütte.

»Also. Wir hören.« Benno verschränkte die Arme vor dem Brustkasten und legte den Kopf schräg.

»Den Wagen haben die Bullen.« Willming leckte sich nervös über die Lippen. »Aber morgen iss er wieder auf dem Hof. Die haben wat von ner Vermißtenanzeige gefaselt. Hab ich nix mit zu tun.«

»Von wem hast du die Karre?« fragte Wolli und patschte mit dem Revolverlauf in seine Linke. Gott, der Chef hatte aber auch ein Repertoire drauf.

»Montagnachmittach war dat. Von so ner Alten.«

»Wie alt?«

Es sah komisch aus, wie Willming die Schultern mitsamt Reifen hochzog. »Wat Junges. Um de dreißich vielleicht. Wa, Hännes?«

Hännes regte sich nicht. Stierte nur mit zusammengekniffenen Augen auf Schröder. Falls die beiden sich mal bei Rot-Weiß treffen sollten ... Nicht dran denken.

»Name, Adresse. Komm, komm, komm.«

»Adresse«, sagte Willming verächtlich. »Ich hab den Schein, ich hab den Brief. Mehr brauch ich nich.«

»Name.«

»Sie sacht, sie hieß Lehmann. Sonja Lehmann.«

»Und wie sah sie aus, deine Sonja Lehmann?«

Willming tat, als würde er überlegen. Chris hielt das bei seiner Kopfform für unmöglich.

»Rote Haare, bis auffe Schulter. War ziemlich aufgedonnert. Figur ... so wie die da.«

Die da holte tief Luft.

Benno schaute auf seine Fingernägel. »Die ist wahrscheinlich nicht zu Fuß weggegangen.«

»Nee«, sagte der Affe. »War son Typ bei. Mit som alten Chevi. Mit dem iss se dann weg.«

Wolli und Benno tauschten einen schnellen Blick.

»Weiß gar nich, wat ihr wollt«, fing Willming wieder an. »Iss en ganz normalet Geschäft.«

»Was hast du ihr denn für die Karre gegeben?« wollte Schröder wissen.

»Zwölfhundert. Bar auffe Hand.«

»Oha«, meinte Benno mit Blick auf Wolli. »Der war bestimmt noch dreitausend wert.«

Willming spuckte aus. »Na und? Wenn se nich mehr will? Wat seid ihr eigentlich für welche?«

»Texas-Rangers«, antwortete Wolli und steckte den Revolver in den Hosenbund.

Hännes machte eine schnelle Bewegung.

»Kreuzbrav, mein Sohn«, drohte Benno mit dem Finger. »Sonst gibts was auf die Knabber-Leiste.«

Als sie ins Auto stiegen, hörten sie Willming toben. »Ja, wat iss, du Saftsack? Mach mich de Reifen ab. Aber bißken flott.«

****

Lichtsprenkel fielen durch die Zweige. Ein leichter Wind brachte die Blätter zum Rauschen. Es war so friedlich hier.

Sie setzte sich auf eine Bank. Verschränkte, gegen ihre Gewohnheit, die Hände hinter dem Kopf. Genoß den Frieden.

Kaiser-Wilhelm-Park. Ein hübscher Name. Gerade weil er so nostalgisch, so altmodisch war.

Im letzten Herbst warst du oft hier. Mit ihm. Besonders wenn es kalt war und menschenleer. Eingepackt in Schals und Handschuhen über die blätterverwehten Wege. Ihr habt kleingeschnittenes Brot in den Teich geworfen. Und während sich die Enten um die Krusten zankten, hat er dich geküßt.

Warum ist er jetzt nicht da? Dumme Gans. Jetzt mach nicht auf sentimental.

Auf der Wiese spielten ein paar Jungen Fußball. Ihr aufgeregtes Rufen drang herüber. Wie alt mochten sie sein? Acht, zehn Jahre? Mütter saßen unter den Bäumen, strickten, lasen. Behielten die Kleinen im Auge, die auf den Spielgeräten turnten oder im Sandkasten wühlten. Ihre Männer kamen erst abends nach Hause, aßen in der Kantine der Firma. Oder verbrachten ihre Mittagspause in einem ähnlichen Park. Wie die zwei Männer dort auf der Wiese.

Sie redeten, dann hob der eine die Hand und verschwand auf dem äußeren Weg. Der andere blieb stehen, schaute den Kindern beim Kicken zu. Einer der Jungen stand abseits, spielte nicht mit. Oder durfte nicht mitspielen.

Immer steht einer abseits.

Wie du. Früher, als Kind. Natürlich warst du kein Außenseiter. Kein richtiger. Aber ... du kennst das Gefühl, dabeizustehen und ausgeschlossen zu sein.

Die Augen zum Spielfeld, schlenderte der Mann um den Rasen. Ein gepflegter Mittvierziger in einem hellen Anzug. Neben dem Kind blieb er stehen, beugte sich zu ihm hinunter, sagte etwas. Der Junge schüttelte den Kopf, nickte erst zögernd, als der Mann in die Tasche griff. Sonja hob den Kopf.

Der Kleine nahm etwas aus seiner Hand. Ein Bonbon? Oder ein Kaugummi? Oder ... Sonja stand auf.

Ein Bonbon, ein Drops. Zum Trost fürs Alleinsein. Die Geste eines Familienvaters, eine Freundlichkeit ...

»Brauchst du was?«

»Wie teuer?«

»Zehn Mark das Zehntel.«

»Für zwanzig.«

Eine Kinderhand schließt sich um das Tütchen mit den schneeweißen rocks. Auf dem Schulhof. Während der Lehrer seine Runden dreht. Blitzschnell geht das. So schnell wie die Sucht kommt. »Bloß mal probieren, dann nie wieder.« »Einmal ist keinmal.« Das waren noch Zeiten. Doch crack erlaubt keine Entscheidung, crack packt zu. Sofort. Beim ersten Mal. Für immer. Und crack ist nicht der schlimmste Stoff. Designer-Drogen. Niedliches Wort. Wie Designer-Jeans. Carfentanil, Horror pur, direkt aus der Hölle. Siebentausendmal stärker als sister morphin. Und billiger als eine Flasche Whisky. An die würde ein Achtjähriger nicht kommen. Dafür ist gesorgt. »Einmal ist keinmal.« Einmal ist billig. Und nach dem crash? Die Woche ist sieben Tage lang. Und kostet tausend Mark. Anfangs. Geld? Es gibt genug davon. Die Oma hat es, die dummerweise allein durch den Park läuft. Der Kiosk-Besitzer, abends im menschenleeren Bahnhof. Der Freier auf dem Baby-Strich. Das Fräulein an der Spielhallen-Kasse. Alle haben Geld. Einer wehrt sich. »Rentner erschlagen!« Wen interessiert das? Weiter. Scheine müssen her. Schneller, immer schneller, immer öfter. Und dann, ganz plötzlich, ist Schluß. Macht dieses ausgemergelte Körperchen nicht mehr mit. In irgendeiner Drecksecke. Das muß kein Bahnhofs-Klo sein. Das letzte Mal. Die 7, das große Finale. Die Reise, von der er nicht zurückkommt. Keine zehn Jahre alt geworden.

»Nein!«

Die Köpfe der Mütter fuhren herum.

»Lassen Sie das Kind in Ruhe!«

Vom Rasen starrte der Mann herüber, mit offenem Mund. Nur der Kleine kaute sein Kaugummi.

Mit einem Satz war sie auf dem Weg, läuft los. So schnell es ihre Stöckel erlaubten. Weg. Nur raus aus diesem Park.

Kannst du das etwa ändern? Ist das deine Schuld? Jeder ist für sich verantwortlich! Nur für sich! Du bist doch nur eine Nummer! Das läuft auch ohne dich! Du kannst das doch nicht ändern!

****

»Gibt keine Sonja Lehmann.« Benno klappte das Telefonbuch zu.

»Klar nicht. Als wenn die wirklich so heißen würde.«

»Vielleicht hat sie nur kein Telefon. Oder keins unter ihrem Namen.«

»Wir können ja fix alle Lehmanns anrufen und fragen, ob ihnen ne dreißigjährige, rothaarige Sonja gehört. Ich freu mich schon drauf.«

»Oder«, brummte Benno, »sie kommt nicht aus Essen.«

»Womit uns das gesamte Ruhrgebiet bleibt.«

»Hm...«

Wolli schüttelte den Kopf. »Der Name ist so falsch wie Oma Lenes Zähne.«

»Da ist alles falsch«, mischte sich Christiane vom Fußboden ein, wo sie auf dem Stadtplan kniete. »Warum verkauft die Tussi den Käfer auf so einem entlegenen Platz?«

»Weil es der Wagen eines Verschwundenen ist«, meinte Wolli.

»Quatsch«, sagte Benno und fing an, sich eine gekrümmte Pfeife zu stopfen. »Der Verkauf ist völlig legal. Kein Autohändler kann wissen, ob du ihm eine geklaute Karre unterschiebst oder nicht.«

»Diese einsame Lage.« Chris wunderte sich immer mehr. »Viel Laufkundschaft kann der aber auch nicht haben.«

»Unsere...«, Benno riß ein überdimensioniertes Streichholz an und flämmte damit seine Pfeife ab, »... unsere Sonja. Das könnte die sein, die Klaus Werntjes in Haralds Auto gesehen hat.«

Wolli blies die Backen auf. «Tja...«

»Würde auch sonst passen.« Die Küchentür verschwand hinter einer beißenden Rauchwolke. Wedelnd kam Benno zum Vorschein. Er setzte sich auf Wollis Schreibtisch. »Wenn ich jemandem mein Auto leihe, habe ich auch ein gewisses Vertrauen zu ihm. Es ist also durchaus möglich, daß diese Sonja das Auto in Haralds Auftrag zu Geld gemacht hat.«

»Zu Geld gemacht«, höhnte Wolli, verschwand im nachlassenden Rauch, erschien mit einer Dose Pils und riß sie zischend auf. »Die hat Willming den Käfer weit unter Preis verkauft. Nee, aufs Geld ist es ihr gar nicht angekommen.«

»Glaub ich auch, Benno.« Chris faltete den Plan zusammen. »Das hätte er selbst machen können. Ich fürchte eher, Sonja hat das Auto verkauft, weil sie es loswerden mußte. Weil es früher oder später die Bullen auf ihre Spur gebracht hätte.«

Benno wiegte schmauchend den Kopf. »Auch möglich.«

Inzwischen hatte sich Wolli das Telefonbuch geschnappt und blätterte hastig. »Willming, Heinz-Georg. Vinzenzstraße...«

»Das ist in Stoppenberg.«

»... und eine zweite Eintragung. Willming, Autozubehör GmbH.«

»Gesellschaft mit beschränkter Haftung?« Chris machte die Augen rund. »Das mit ›beschränkt‹ will ich gern glauben, aber sonst? Der reißt doch die Geschäftspost noch mit den Zähnen auf.«

»Vom gesetzlich geforderten Mindestkapital ganz abgesehen. Nach fünfzig Riesen sieht der nicht aus.«

»Alsdann.« Wolli knüllte die Dose zusammen und warf sie in den Papierkorb. »Ich werd mich mal an ihn hängen. Chris, du könntest dich in der Zwischenzeit ein bißchen kundig machen, was diese GmbH angeht.«

»In Ordnung, Chef.«

»Und ich?« fragte Benno.

»Du, Dickerchen«, sagte Chris und drückte ihm den Zeigefinger auf die Nase, »hast Telefondienst.«

****

»Herr Brettschneider ist nicht im Haus.«

Unbewußt schloß sie die Augen. »Und ... und wann ...?«

»Vielleicht versuchen Sie es in einer halben Stunde.«

»Gut.« Beim Auflegen klapperte der Hörer an die Gabel.

Nimm dich zusammen. Werde jetzt nicht nervös. Es wird schon laufen. Alles wird glatt über die Bühne gehen. Brettschneider hängt zu tief mit drin. Der kann dich nicht im Stich lassen. Ganz ruhig. Ganz locker, Sonja.

Vor der Hauptpost blieb sie unschlüssig stehen, verzog das Gesicht in der grellen Sonne. Eine halbe Stunde noch. Um zwölf also.

Bewußt langsam schlenderte sie auf die Kettwiger, blieb an jedem Schaufenster stehen. Und sah doch nur sich. Müde Augen hatte sie, mit dunklen Falten darunter. Wenn dieser deal nur gut ausging ... Natürlich.

Sie setzte sich in das Straßencafé in der Mitte der Passage und bestellte einen Kaffee. Fünf nach halb zwölf.

Nimm dich zusammen. Wie willst du das denn in Zukunft machen? Jedesmal bibbern, jedesmal Ängste ausstehen?

»Ihr Kaffee.«

»Danke. Stimmt so.«

Mit dem ersten Schluck spülte sie zwei Dragees nach. Sobald das alles vorbei war, würde sie keine Tranquilizer mehr nehmen. Sobald alles vorbei war. Eine Zigarette, noch ein Schluck Kaffee. Sie legte den Kopf in den Nacken, wartete. Doch die Ruhe wollte nicht kommen. Selbst ihr Lieblingstraum wirkte heute nicht so wie sonst. Blaß, ohne Konturen blieb das Häuschen vor der Stadt. Ein kleiner Garten, in dem die Wäsche im Sommerwind weht. Unter den Bäumen eine Schaukel, ein ... Wozu eine Schaukel? Sie würden nie ein Kind haben. Niemals!

»Gott!« Fast hätte sie die Tasse umgestoßen.

Wenn nur Jürgen da wäre. Der ist jetzt in Frankfurt. Es war dumm von mir, so zu reagieren. An unserem letzten Abend, bevor er weg mußte. Und dumm, da rauszufahren. Warum habe ich das getan? Aus Sentimentalität? Der Mörder kehrt immer an den Tatort zurück. Um ein Haar hätten dich diese Betrunkenen angemacht.

Zwanzig vor zwölf.

Den Kaffee streckte sie bis Viertel vor. Dann hielt sie es nicht mehr aus und ging.

Noch eine Zigarette. Eine Dame raucht nicht auf der Straße. Bin ich eine Dame? Es gibt Momente, da ist man geschlechtslos. Da ist man nur man selbst. Da ist nur Platz für Angst.

Scheiße! Ich hatte es mir so phantastisch vorgestellt.

Warum war Brettschneider nicht in der Firma? Er hatte fest versprochen, um diese Zeit erreichbar zu sein. Ob was dazwischengekommen war? Das durfte nicht sein. Sie mußte diesen deal machen. Sie mußte einfach. Das alles ... das mit Harald durfte nicht umsonst gewesen sein.

Zwölf Minuten. Bis hinunter zum Pferdemarkt lief sie. Lief um zu laufen, damit die Zeit verging. Und wenn er nicht mehr ins Büro kam? Wenn er ...

Sie nahm die erstbeste Telefonzelle. Fünf Minuten vor zwölf. Die Nummer kannte sie aus dem Kopf. Nichts Schriftliches aufbewahren. Bisher hatte es sich immer bewährt.

Schon nach dem ersten Knacken wußte sie, es ist besetzt. Die Groschen klimperten in die Schale. Noch einmal. Sie wählte. Besetzt.

Um zwölf also. Gut.

Wieder die Viehofer hinauf, dann die Limbecker hinunter.

Was soll ich Marcel erzählen, wenn es nicht klappt? Der wirft mich aus Jürgens Wohnung. Den Job gibt er mir auch nicht. Und dann? Dann ... ich weiß nicht, was ich dann machen soll. In meiner Situation. Wie einfach ich mir das alles vorgestellt habe.

Vor QUELLE standen Telefonzellen. Zwei Minuten noch. Egal.

»... sieben, vier, zwei.« Es knackte in der Leitung, sekundenlang Stille, der Ruf ging durch.

»Ist Herr Brettschneider inzwischen gekommen?«

»Moment, ich schau mal nach.«

Die Leitung wurde unterbrochen. Sie sah auf die Straße, auf den vorbeiziehenden Menschenstrom. Wartete, biß sich auf die Lippen, daß es weh tat. Wartete. Die Leitung blieb tot.

Ob sie es noch einmal versuchen sollte? Nein, dann war ja wieder besetzt, weil sie . . .

»Hören Sie? Ich verbinde.«

Wieder knackte es, wieder wurde es still. Jedenfalls war er da. Oder? Natürlich, sonst würde man sie nicht verbinden.

»Ja, Semper.«

»Ich . . . ist Herr Brettschneider da?«

»Moment.« Die Muschel wurde abgedeckt. Gedämpft konnte sie hören, wie der Kollege ihn rief. »Moment noch.« Rauschen, im Hintergrund schlug eine Tür zu.

»Brettschneider.«

»Ja, ich bins. Ich wollte wissen, ob . . .« Ganz ruhig. »Ist das Zeug da?«

»Natürlich. Wenn Sie wollen, können Sie es heute abholen.«

Oh, Gott! Danke!

Und für einen flüchtigen Moment war sie wieder da. Beinahe greifbar, so stark. Ihre ganze, geballte Weiblichkeit.

****

Beim Essener Amtsgericht einen Parkplatz zu kriegen, ist nur nach Mitternacht möglich. Nachdem Chris mehrmals mehrere Häuserblocks umkreist hatte, fuhr sie ins Klinikum-Parkhaus.

Kurz vor Toresschluß erhaschte sie den begehrten Blick ins Handelsregister. Ihre Kugelschreiberhand war diesmal schneller als ihr Kopf.

»Autozubehör GmbH, gegründet am 1.10.87, Gesellschafter: Taurus-Anlagenberatung GmbH, Essen. Eigenkapital 60 000 DM.« Wovon allein das Grundstück am Eibergweg 45 000 ausmachte. Von Willming keine Rede.

Um die Taurus-GmbH selbst sah es nicht besser aus. Sie befand sich in 100%igem Besitz einer Aktiva-Handelsgesellschaft S. A. mit Sitz in Paris.

Chris war sich nicht sicher, was von einer französischen Firma mit deutschem Namen zu halten war. Viel bestimmt nicht. Wahrscheinlich war die wiederum nur das Abschreibungsobjekt einer weiteren obskuren Gesellschaft auf den Cayman-Islands oder in Vaduz. Warum nicht? War ja auch alles nicht schlimm, nur... Wie paßte Willming, der haarige Apfelsinenzerreißer aus Essen-Steele, da rein?

Im Telefonbuch der nächsten Zelle fand sich Anschrift und Nummer dieser Firma Taurus. Es meldete sich eine adrette Tonbandstimme. »Der Teilnehmer ist vorübergehend nicht zu erreichen.«

Soso.

Einmal neugierig geworden, machte Chris den Schlenker übers Ostviertel. Prompt hing unter der angegebenen Adresse auch ein Firmenschild im Hausflur, das sie auf die dritte Etage verwies. Dort allerdings war Schluß. Das Schild einer »Spedition Mohl. Täglich Kopenhagen und Bad Oldesloe« lud zum Anklopfen ein.

»Jaa? Bittee?« walzte ein erstaunt dreinblickendes Mädel jenseits der achtzig Kilo die Vokale nieder.

»Ich wollte zu Taurus.«

»Die sind umgezoogen.«

»Oh, schade. Sie wissen nicht die neue Anschrift?«

Ein fragender Ausdruck grub sich um ihre Augen. »Worum geehts denn?«

»Um eine Geldanlage«, sagte Chris unschuldig.

Worauf sich Mädelchens Gesichtsspeck in Lachfalten legte. »Warum geehn Sie nicht zur Spaarkasse?«

Unzweifelbar hielt sie das für einen Witz.

****

»Wo bleibst du denn so lange?«

»Ich war... Ich mußte mich doch um die Abholung kümmern.«

Marcel zog sie in sein Büro und schloß die Tür hinter sich. »Jetzt haben wir den Salat. Nicht genug, daß die Bullen sich den Käfer vorgenommen haben. Bei Willming sind ein paar Typen aufgekreuzt.«

»Die Bullen? Was wollten die denn mit dem Auto? Davon hast du mir gar nichts gesagt.«

»Dann weißt du es jetzt. Harald Lesniak wird gesucht. Und zwar per Vermißtenanzeige.«

»Das würde die Alte doch nie ...«

»Hör mal zu.« Marcel packte sie roh am Arm. »So langsam habe ich die Schnauze voll von deinen Marotten. Ich kann keinen Ärger gebrauchen. In keiner Form.«

»Was schreist du mich denn an? Es war doch deine Idee, Haralds Wagen verschwinden zu lassen. Du wolltest ihn doch nicht länger auf dem Hof stehen haben.«

»Weil er weg mußte.«

»Wenn es nach mir gegangen wäre, hätte ich den Wagen irgendwo verkauft. Aber es mußte ja unbedingt Willming sein.«

Er ließ sie los, ging hinter den Schreibtisch und setzte sich.

Der behandelt dich wie ein Schulkind. »Ist ... ist das gefährlich? Ich meine, werden die Bullen ...?«

»Gut ist es jedenfalls nicht. Aber diese Typen machen mir mehr Sorgen.«

»Was sind denn das für welche?«

Marcel schüttelte den Kopf. »Ja, was wohl? Schnüffler.«

»Das verstehe ich nicht. So etwas würde ...«

»Jaja, ist gut.« Urplötzlich wurde er wieder freundlich. »Du mußt mich verstehen. Schließlich geht es um eine Menge Geld. Am besten wird sein, du änderst dein outfit.«

»Wenn es mehr nicht ist. Aber warum?«

»Willming, dieser Volltrottel, hat den Schnüfflern deine Beschreibung gegeben.«

»Wir hätten ihn einweihen sollen.«

»Damit er noch mehr auszuplaudern hat? Nein, nein.« Er

nahm eine Zigarette aus dem Silberkästchen, bot ihr eine an und gab ihr Feuer. »Was ist nun?«

»Das Zeug ist abholbereit.«

»Gut.« Er inhalierte tief, rasterte sie dann mit seinen kalten Augen ab. »Unter den gegebenen Umständen werde ich dir einen Begleitschutz mitgeben.«

»Wie bitte?« Ihre Kniekehlen wurden taub. Wie von selbst sank sie auf den Sessel. »Das kann doch nicht dein Ernst sein, Marcel.«

»Frank wird dich fahren.«

»Marcel ...« Paß auf! Der ist dabei, dich zu bescheißen. Paß um Gottes willen auf! »Es ... es gehört zur Vereinbarung, daß ich das allein mache. Ich meine ... schließlich ist das mein Kapital. Und ich ...«

»Schluß jetzt. Frank fährt mit.«

»Und wenn ich mich weigere?«

Er stand auf, drückte die angerauchte Zigarette in den Ascher. »Dann kannst du unser Geschäft vergessen.« Ohne ein weiteres Wort war er an der Tür und knallte sie hinter sich zu.

»Das ... das darf nicht wahr sein.« Moment! Das geht alles so schnell. Der ist doch wohl verrückt. Wenn Frank mitkommt, ist dein Geheimnis nichts mehr wert.

»Oh, Scheiße!«

Hättest du nur auf Jürgen gehört.

****

Kaum war Chris wieder im Büro, meldete sich der erste Taxifahrer.

»Hab ihn auf dem Foto sofort erkannt.«

»Wo war denn das?« fragte Chris.

»Am Hauptbahnhof, Südeingang. Vorige Woche war das. Der ist da ständig auf und ab gegangen. Zum Eingang und wieder zurück.«

»Und wohin ging er dann endgültig?«

»Keine Ahnung. Kurz darauf hatte ich eine Fahrt. Bringt Sie das weiter?«

»Klar«, sagte Chris. »Damit ist der Fall gelöst.« Und legte dankend auf.

Benno wiegte bedenklich den Kopf.

»Prüfen müssen wir es trotzdem. Willst du?«

»Ich hab mir gerade Tee eingegossen.« Benno sah sie an wie Lord Pips, wenn er mußte.

Also fuhr sie noch mal in die Stadt. Sie stellte den Wagen in das Parkhaus an der Maxstraße, lief zum Bahnhof hinüber und los gings.

»Entschuldigen Sie. Ich suche diesen Herrn.«

Das Bild des blonden Hübschen in der Hand, arbeitete sie sich quer durch die Schalterhalle. Sie fragte alle. Die Taxifahrer, die Schalterbeamten, sogar zwei von der Bahnpolizei. Sie fragte im Frische-Markt, in der Drogerie und beiden Buchhandlungen. Im Restaurant und am Gepäckschalter. Sogar in die Kneipe an der Ecke traute sie sich. »Entschuldigen Sie. Ich suche diesen ...«

Die meisten waren nett, viele freundlich. Doch gesehen hatte ihn niemand. Heute nicht und überhaupt nicht.

Ganz zum Schluß und ohne einen Funken Hoffnung versuchte sie es am Imbiß vor dem Haupteingang.

»Natürlich«, sagte die dicke Frau und patschte mit ihren Ölfingern auf dem Foto rum. »Der hat vorige Tage ne Wurst bei mir gegessen.«

Dann ist er wahrscheinlich tot, dachte Chris mit einem Blick auf die zischenden Fettwülste, von denen beißender Rauch aufstieg. »Sie wissen nicht, wohin er gegangen ist?«

Zu ihrem Erstaunen wurde genickt. »Doch.«

»Ja? Und wohin?«

»Da rüber«, sagte die Wurstfrau und deutete in die allgemeine Richtung Fußgängerzone, Rathaus und nördliche Randbezirke.

»Ah, ja.« Chris legte das Bild zwischen ein Tempotuch und lächelte mit letzter Anstrengung. »Dann werden wir ihn ja gleich haben.«

»Sind Sie von der Polizei?« hörte sie im Weggehen.

Es hatte keinen Sinn. Trotzdem fragte sie an der Kettwiger Straße in einem Tabakgeschäft nach. Sollte keiner behaupten, sie hätte sich keine Mühe gegeben.

»Tja.« Der Verkäufer schüttelte ratlos seinen Glatzkopf. »Also manchmal kommt hier einer rein, der sieht so aus. Steffi?« Er verrenkte seinen Hals in Richtung Hinterzimmer.

Auf sein Rufen erschien eine Frau, die Chris mit mißtrauischen Blicken bedachte. »Klar«, sagte sie und tippte mit dem Fingernagel auf Lesniaks Stirn. »Der arbeitet bei Kraske im Fotoladen. Gehen Sie mal hier runter«, dabei schob sie Chris an die Tür und machte eine hackende Bewegung mit der Hand. »Ein paar Meter vor der Porsche-Kanzel. Können Sie gar nicht verfehlen.«

»Stark.« Christiane hätte die Frau herzen können.

Frohen Mutes brachte sie die Fußgängerzone hinter sich, fand das Foto-Geschäft und ging rein.

»Entschuldigen Sie. Ich suche...« Der Satz blieb ihr im Hals stecken. Blitzschnell knüllte sie das Foto in ihre Faust.

»Ja, bitte?«

Er sah sie an, sie sah ihn an. Der Mann hatte wirklich eine verblüffende Ähnlichkeit mit Harald. Wenn... wenn seine Haare echt gewesen wären. Und er zwanzig Jahre jünger.

»Entschuldigen Sie. Ich... hätte gern einen Diafilm.«

»Sechsunddreißig Aufnahmen?«

Sie hätte auch einen mit sechshundertdreißig genommen.

Draußen warf sie das Foto in den nächsten Papierkorb und lief zurück zum Parkhaus.

»Das Schöne an diesem Beruf ist die ständige Bewegung an frischer Luft.«

****

Die Observation hatte um 13 Uhr 4 begonnen.

Um 15 Uhr 51 war noch immer nichts passiert. Willming und Hännes, der Skinhead, werkelten unter einem alten Mitsubishi rum. Ab und zu stand einer von beiden auf, schlurfte in den Schuppen und kam mit zwei Bierflaschen zurück.

Schröder kräuselte die Lippen.

Er hatte sich oberhalb eines Hohlweges in eine Gebüschgruppe gezwängt. Nicht liegend, nicht sitzend. Schon nach fünf Minuten hatte er seine Beine nicht mehr gespürt. Falls ihn jemand erwischen sollte, würde er nicht mal hochkommen.

Hoffentlich drehte der Wind sich nicht, und Willmings Köter bekam Witterung. Der lief seit einer Stunde frei rum und schnupperte im Schrott.

Privatdetektiv, Traumberuf aller jungen Männer.

Wie konnte sich nur jemand freiwillig in ein Gebüsch legen? Stundenlang in kalten Autos hocken oder in zugigen Hauseingängen stehen? War doch albern.

Warum verzichtete er auf seinen geregelten Feierabend? Wieso auf ein festes Gehalt? Auf ein Leben mit Jahresurlaub am Mittelmeer und eigenen Fernseher? Warum tat er das? Warum warf er die beste Zeit seines knospenden Lebens diesem beknackten Beruf vor die Füße?

»All die Jahre mit der Minox im Anschlag.«

Warum war er, ausgerechnet er, ausgerechnet Detektiv geworden?

Wolli seufzte. Mit Sicherheit ging diese Entscheidung auf das Konto einiger Flaschen mit fremdländischem Etikett.

»Kein großer Geist ist ohne Beimischung von Wahnsinn«, murrte er. »Und einer muß schließlich die Drecksarbeit machen.«

Erneut lugte er durchs Glas. Nichts tat sich.

Über ihm in der warmen Luft des Sommernachmittags zwitscherten die Vöglein. Am Sachsenring brummte friedlich ein Laster vorbei. Sanft setzte sich ihm der Schlaf auf die Augendeckel.

»Nix da.« Er rappelte sich hoch, drückte die Kopfhörer auf die Ohren und holte sich Musik in seinen «soundman«. Hatte er auf Drängen von Chris angeschafft, für Stunden wie diese.

Wenn er wenigstens eine Möglichkeit gehabt hätte, das Telefon abzuhören. Aber selbst angenommen, er hätte eine Wanze gehabt... Wie sollte er in den Schuppen kommen? Mit dieser Bestie von Hund auf dem Hof? Und überhaupt hat das Telefon den ganzen Nachmittag nicht geklingelt.

16 Uhr 5, »WDR 2. Zwischen Rhein und Weser«.

Bei den ersten Takten der Erkennungsmelodie schlurften die Horror-Brothers da drüben in den Schuppen.

Präzise um 16 Uhr 8 schwang Hännes sich auf eine aufgemotzte Honda und dröhnte wie bescheuert vom Hof.

»Was heißt hier ›wie‹ bescheuert?«

Der Affenmann legte den Köter in Eisen und stieg in einen gelben Kadett mit blauer Tür und weißen Kotflügeln.

Wolli legte sich auf den Rücken und ruderte mit den Beinen. Daß sie dabei aus dem Busch ragten, war ihm mittlerweile scheißegal. Nach einer Weile meldete sich kribbelnd und prickelnd die Blutzirkulation. Er packte seine Sachen ein, trat aus dem Ginster, oder was das war, machte eine nicht ernstgemeinte Kniebeuge und rutschte hinunter zum Auto.

Er erwischte Willmings spotzendes Gerät noch vor der Bochumer Landstraße.

»Und ab gehts in den Asphaltdschungel, den Moloch Großstadt. Stählerne Fäuste, jaulende Querschläger, heiße Lippen. Und auf den Fersen des wahnsinnigen ›Dr. ape-man‹ klebt special-agent dabbelju Schröder in seinem stahlblauen Ascona JXR GT Quattro Zwölfzylinder mit selbstsperrendem Torsen-Zwischendifferential, geregeltem Drei-Wege-Katalysator und 10 Jahren Garantie gegen Durchrosten der Spiegelverglasung.«

Erst mal gings mit Tempo 30 voll in die rush-hour. Willming fuhr und fuhr, als würde er vom Kilometergeld leben. Am Zehnthof kam Wolli ein berechtigter Verdacht, der sich auf der Ernestinenstraße erhärtete und links von der Gelsenkirchener zur Gewißheit wurde.

»Okay. Ich greif mir den Jungen später.«

Er ließ die Zielperson – Joe oder Chummy sagten sie daheim beim guten alten secret service dazu – mit zwanzig yards Distanz aussteigen und in einem verdächtig unverdächtigen Sechs-Parteien-Mietshaus untertauchen. Erst dann, mit der lässigen Sicherheit seiner in langen Jahren antrainierten Bewegungen, lehnte er sich in die Polster zurück und klopfte sich eine Lucky-Strike aus dem Päckchen.

»Schätze, da drin ist ne Riesen-Sauerei im Gange.«

Klar doch. Schließlich wohnte Willming da drin. Und aller Wahrscheinlichkeit nach holte er sich gerade ein Feierabendbier aus dem Kühlschrank.

Schröder haßte ihn.

****

»... denke ich, wir singen ein Liedlein«, worauf Hopkins unter stürmischem Beifall das ›Gott erhalte unsern König‹ anstimmte und es, so laut ...«

Dreist bimmelte das Telefon.

Benno legte die Pickwickier auf den Bauch, steckte die Pfeife in den anderen Mundwinkel und hob ab.

»Detektei Schröder, Korn am Apparat.«

»Ja ... ich ...« meldete sich eine verzagte Stimme.

»Sie haben ein Anliegen, mein Herr.«

»Gewiß, ich ... Mein Name ist Ostwald, Doktor Ostwald, und ich würde gern wissen, ob ... ob Sie Leute beobachten.«

»Zur Zeit?«

»Nein, nein. Ich meine überhaupt. Grundsätzlich. Allgemein.«

»Sicher.«

»Und Fotos?«

»Können wir auch beobachten.«

»Nein, ich meine, ob Sie auch Fotos machen können. Von ... von diesen Leuten.«

»Das ließe sich gewiß einrichten.« Mit der freien Hand nahm er die Pfeife aus dem Mund und trank ein Schlückchen Tee.

»Darauf kommt es mir nämlich besonders an«, sagte Dr. Ostwald.

»Verstehe ich voll und ganz. Ein Bild sagt mehr als tausend Worte, gell?«

»Und eh ... Machen Sie auch so bestimmte Fotos?«

»Wie verstehe ich das?« Der wollte doch nicht etwa Schweinkram haben.

»Na, ob Sie alles fotografieren. Alles, meine ich.«

»Wenns nicht gerade wegläuft.«

»Hehehe«, machte Dr. Ostwald. »Alles.«

»Wie Sie es haben wollen. Von 8×11 bis 24×36, Schwarzweiß oder Color, matt oder glänzend. Auf Wunsch auch gerahmt. Sie müßten uns nur sagen, was drauf sein soll.«

»Ja, natürlich, Mei ... meine Verlobte nämlich, die ... Es ist mir so peinlich. Käme mich das teuer?«

»Zweihundert Mark pro Mann, täglich. Plus Spesen.«

»Oho.«

»Können Sie ein berechtigtes Interesse nachweisen?«

»Wissen Sie.« Es klang unentschlossen. »Ich werde es mir noch einmal durch den Kopf gehen lassen.«

»Tun Sie das. Gott schütze den König.«

»Gott ...? Natürlich. Auf Wiederhören.«

Er hatte noch nicht aufgelegt, als die Korridortür ging.

»Na?« fragte er.

Chris warf die Tasche auf ihren Schreibtisch, setzte sich und stützte den Kopf in die Hände.

»Was ist los?«

»Ach.« Schniefend zog sie die Nase hoch, wischte dann mit dem Handrücken über ihre Augen.

»Chris.« Benno stand auf, kam zu ihr und legte ihr eine Hand auf die Schulter. »Was hast du denn?«

»Ich war noch bei Frau Lesniak.« Chris preßte für einen Moment die Kiefer zusammen, um nicht zu heulen. »Damit sie es nicht von den Bullen erfahren muß. Das mit dem Auto. Oh, Mann! Benno!« Und dann heulte sie los. Schluchzte bibbernd und drückte ihren Kopf gegen seinen Bauch.

Benno legte die Arme um ihre zuckenden Schultern, wie um ein Kind. »Bist ein feiner Kerl, Chris.«

»Wir...«, sie suchte nach einem Taschentuch, fand keins und fuhr mit dem Ärmel ihres T-Shirts übers Gesicht, «wir juxen hier rum und tun, als wenn das irgendein Auftrag wäre. Irgendeiner. Dabei... Du mußt mal die Frau sehen. Die ist völlig fertig.«

»Jaja«, sagte Benno nachdenklich. »Ich weiß, was du sagen willst.«

»Als ich bei ihr in der Küche saß... Da ist mir zum ersten Mal richtig klar geworden, daß... daß er vielleicht tot ist.«

Benno ließ sie los, steckte die Hände in die Hosentasche, ging einen Schritt und sah auf seine Schuhe. »Rechnen müssen wir jedenfalls damit. Ich habe so das Gefühl, als wenn wir einer ganz miesen Sache auf der Spur sind. Kann dir nicht sagen warum.«

»Jedenfalls löst sich nicht jemand so einfach in Luft auf. Entweder hat er einen triftigen Grund dazu oder jemand...«

»... hat ihn verschwinden lassen.«

»Puh!« machte Chris, stand auf und riß das Fenster weit auf. Von der Straße dröhnte der Verkehrslärm herauf. »Wir müssen ihn finden. Jetzt erst recht.«

Es klingelte.

Benno ging zur Tür und drückte auf den Öffner. Energische Schritte kamen die Treppe herauf. Eine Frau mittleren Alters bog um den Treppenabsatz, blieb stehen, als sie ihn sah.

»Entschuldigen Sie, ich wollte zu Herrn Schröder.«

»Kommen Sie herauf«, brummelte er.

Sie guckte ein bißchen unsicher, wußte wohl nicht, was sie von ihm halten sollte. Benno deutete in die Diele, ließ ihr den Vortritt. Sie drückte sich an ihm vorbei. Als sie Chris sah, entspannte sie sich merklich.

»Mein Name ist Imhoff. Herr Schröder bat mich um einen Gefallen. Ich ...« Beim Anblick von Christianes verheulten Augen unterbrach sie sich, sah schnell zu ihm.

Chris schnaubte sich geräuschvoll die Nase und lächelte dann krampfhaft. »Tschuldigung. Ist nicht mein Tag.«

»Das ist Frau Ullmann, ich heiße Korn«, stellte Benno vor. »Der Chef ist momentan im Außendienst. Nehmen Sie Platz.« Und zog ihr den Besucherstuhl heran.

»Danke. Ich ... habe die Adressen und Telefonnummern.« Damit zog sie ein schmales Ringbuch aus der Handtasche.

»Wunderbar.« Benno blätterte es mit dem Daumen durch.

»Was Hara ... die privaten Dinge von Herrn Lesniak betrifft, so muß ich Sie leider enttäuschen. Außer Schnellkaffee und so war nichts in seinem Schreibtisch.« Sie lächelte.

»Na, macht nichts. Möchten Sie einen Tee?«

»Oh, wenn es Ihnen nichts ausmacht.«

»Aber nein.« Er ging zur Küche, um eine Tasse zu holen. »Ach, Frau Imhoff, kennen Sie zufällig jemanden, der einen alten Chevrolet fährt?«

In seinem Rücken schepperte es.

»Oh, das tut mir leid.« Die Imhoff ging in die Hocke und hob den Aschenbecher auf.

Benno sah zu Chris. Chris zog die Nase hoch.

****

»Was ist?« Frank beugte sich über den Beifahrersitz und hielt ihr die Tür auf.

Hatte ja doch keinen Sinn. Für Ausreden war es zu spät. Sie stieg ein. An Marcels Bürofenster bewegte sich leicht die Gardine.

»Also. Welche Richtung?«

»Vogelheim. Rot-Weiß-Stadion.«

Er guckte sie von der Seite an, startete und fuhr vom Hof. Soll er sich ruhig wundern. So lange wie möglich hältst du die Katze im Sack. Und rettest, was zu retten ist.

Die Augen geschlossen, lehnte sie sich gegen die Kopfstützen. In ihrem Magen rumorte es seit einer Stunde. Trotz des Frühstücks. Und ihr Puls raste. Trotz Adumbran. Drei Stück hatte sie genommen, eine mehr als üblich. Es wirkte nicht mehr so wie sonst. Wenn erst einmal dieser deal geschafft war...

»Und dann?«

»Wie? Ach so. Hafenstraße, ganz runter.«

»Bis zum Rhein-Herne-Kanal?«

»Ich sag dir schon, wenn du anders fahren mußt.«

Sie suchte nach einer Zigarette.

»Hier drin nicht«, sagte Frank.

»Mensch! Ich brauche aber eine.« Ohne ihn zu beachten, steckte sie die Zigarette an.

Mit einer schnellen Handbewegung schlug er sie ihr aus dem Mund. »Hier nicht, hab ich gesagt.«

Oh, verdammt! Das würde der sich nicht rausnehmen, wenn... Es gibt nur eine Möglichkeit: Marcel hat dich bereits fallenlassen. Ist alles schon beschlossene Sache. Der braucht dich nur noch, um an das Zeug zu kommen.

»Heb die Zichte auf. Oder willst du mir vielleicht den Teppich verbrennen?«

Wie betäubt, hob sie die Zigarette vom Boden und drückte sie im Aschenbecher aus. Zum ersten Mal empfand sie so etwas wie Angst. Frank würde nicht davor zurückschrecken, sie zu schlagen. Oder... etwas Schrecklicheres zu tun.

»Rechts oder links?«

»Links.«

Die Ampel stand auf Rot. Rausspringen? Ohne den Kopf zu bewegen, tastete sie mit der Hand zum Türgriff und...

Im letzten Moment sprang die Ampel um. Der BMW jagte vor dem Gegenverkehr über die Kreuzung.

»Und nun?«

»Wieder links. Dann in die Westuferstraße.«

Frank setzte den Blinker, bog ab und verlangsamte die Fahrt. Es ging über zwei Geleise, dann waren sie mitten im Hafen. Kräne hoben sich vor ihnen in den Sommerhimmel. Wie große lauernde Vögel.

»Hinter der Kurve kannst du halten.«

Er parkte den Wagen auf einem ausgetrockneten Seitenstreifen. »Ist es hier?«

»Ich bin in fünf Minuten zurück.« Schon war sie draußen. Über einen Schotterweg kürzte sie zum Speditionshof ab. Kurz vor dem Zaun drehte sie den Kopf zurück. Frank machte keine Anstalten ihr zu folgen, sondern blieb im Auto.

Abhauen? Leicht gesagt. In Stöckelschuhen. Und wohin? Nein. Mach dir nicht ins Hemd. Laß den deal nicht sausen. Wenn du jetzt durchdrehst, war alles umsonst. Dann kannst du all deine Träume vergessen. So eine Chance kriegst du nie wieder. Klar ist Marcel mißtrauisch. Aber wer sagt denn, daß er dich betrügen will? Verlier jetzt nicht die Nerven.

»Okay.« Trotzdem blieb so von ihrem Geheimnis nicht mehr viel übrig. Für Marcel war es nun ein Klacks, hinter ihren Lieferanten zu kommen.

Sie ging über den Platz, der voller Paletten und Kisten stand, zur Laderampe. Mehrere Männer beluden Lastwagen. Neugierige Blicke folgten ihr. Jemand pfiff. Unter anderen Umständen hätte sie das genossen.

»Kann ich Ihnen helfen, junge Frau?« Ein alter Mann in blauen Leinenhosen und einem Unterhemd stand breitbeinig vor ihr auf der Rampe.

»Ich möchte zu Herrn Kunert.«

»Na, dann kommen Sie mal hoch.« Er streckte ihr seine Hand entgegen und zog sie hoch. »Sie wollen wohl was abholen?«

Und wenn Kunert Schwierigkeiten macht? Aber warum sollte er das tun? Die Papiere sind einwandfrei.

»Herr Kunert, die junge Dame will zu Ihnen.« Der Alte drückte die Tür zu einem Büroverschlag auf.

Kunert, ein feister, schwitzender Typ, saß vor einem unordentlichen Schreibtisch. »Ja?«

»Ich ... ich komme von Mölling.« Nervös kramte sie den Brief aus ihrer Tasche und reichte ihn hinüber. Jetzt kam es drauf an. Wenn er jetzt mißtrauisch wurde, wenn ... Ruhig, ganz ruhig.

Seelenruhig nahm er das Schreiben, las es durch. Dann griff er zu einem Ordner, klappte ihn umständlich auf, weil die Mechanik hakte, und nahm die Frachtpapiere heraus.

»Flüssiggut«, sagte er zu dem Alten. »Muß in K9 stehen. Hier, Fräulein, unterschreiben Sie das mal.«

Zittrig unterschrieb sie mit Sonja Lehmann. Kunert stellte was an einem Stempel ein, knallte ihn auf den Lieferschein und schob ihr die Papiere rüber. »Das wärs.«

Das wars. Sonja atmete tief durch. So einfach war das. So einfach kam man an fünfzigtausend Mark. Man brauchte nur die richtigen Papiere. Sie war drauf und dran, Kunert um den Hals zu fallen. »Schönen Dank«, lächelte sie statt dessen und folgte dem alten Mann.

Es waren fünf Kanister zu je zehn Litern. Der Alte zog sie an die Rampe. »Wohin damit, schöne Frau?«

»Hier rein.«

Ertappt sah sie auf. Frank zeigte mit dem Daumen auf den aufgeklappten Kofferraum. Der Wagen war rückwärts an die Laderampe gefahren. Ob er was mitgekriegt hatte? Was denn?

»Du wolltest doch warten«, sagte sie.

Er beachtete sie nicht, verstaute die Kanister und knallte den Kofferraumdeckel zu. »Steig ein.«

Wortlos gehorchte sie.

Mach dir nichts vor. Sie haben dich.

Langsam fuhr Frank auf die Straße und hielt an der Seite.

»He! Was soll das?«

»Deine Tasche«, sagte er und hatte sie schon gegriffen.

»Bist du bescheuert? Laß die Hände von ...«

Sein Handrücken knallte ihr voll ins Gesicht.

»Du Schwein!«

Bevor sie noch richtig denken konnte, zog er die Papiere aus ihrer Handtasche und blätterte sie durch.

»Gib das sofort her!«

Tatsächlich steckte er sie zurück, warf ihr die Tasche in den Schoß und fuhr an.

»Das wird dir noch leid tun. Marcel und ich ...«

»Halt endlich dein Maul!«

****

Halb sieben. Schlagartig sprang das Weckerradio an. Heinz Rudolf Kunze flehte Marlow an, er solle Mabel finden.

»Finden, finden. Ich kann das Thema bald nicht mehr hören«, knurrte Chris und schlug mit der Faust auf den AUS-Knopf. »Zwei Minuten noch.«

Sie dämmerte wieder ein. Es wurden fünf Minuten. Wieder sprang das Radio an. Ein alerter Moderator spritzte mit guter Laune um sich wie ne Natter mit Gift. Oh, Mann!

Schlaftrunken kroch sie von der Matratze, schlich ins Bad und ließ Wasser in die altmodische Wanne laufen. Nach einer Stunde baden war sie top und frühstückte in aller Ruhe. Genoß die Sonne auf ihrem Gesicht, die warm und mild durch das offene Dachfenster schien. Alles war so ruhig, so friedlich.

Viel zu ruhig, viel zu friedlich. Für Muße war immer noch Zeit, wenn Harald wieder da war.

Sie zog Shorts an und ein sackiges Shirt darüber. Kurz darauf saß sie im Auto, auf dem Weg zum Büro. Sommerliche Luft, mit Abgasen vermischt, wehte durchs offene Fenster.

Der Himmel war ziemlich blau, die Stadt aufgewacht. Und Christiane fühlte sich unglaublich stark. Unglaublich gut.

Das änderte sich beim Einparken. Vor dem Haus stand ein Panda, rosa-metallic. Mit düsteren Vorahnungen holte sie die Post aus dem Kasten und stieg hinauf.

Lord Pips kam ihr freudig bellend entgegen. »Na, du?«

Ihr erster Blick fiel auf einen leichtverkaterten Schröder, der an der Kaffeemaschine rummachte. Barfuß, nur in Jeans, mit freiem Oberkörper und unrasiert. Sie versuchte sich ihn in einer Reklame für Dusch-Gel vorzustellen: dynamisch und frisch. Ihre Phantasie verweigerte jegliche Mitarbeit. Statt dessen schob sie ihr ein Bild von E. T. vors innere Auge.

Aus den Augenwinkeln nahm sie Verena Schröder-Wurmspiel wahr, die an ihrem Schreibtisch saß.

»Guten Morgen, Chef«, strahlte sie, nahm seinen Kopf zwischen die Hände und schmatzte ihm einen Kuß auf die Stirn. »Ist unser Herzchen indisponiert?«

»Eine leichte Unbill«, hauchte er und wies mit dem Kaffeelot über die Schulter. »Mir ist, als wäre da eben jemand gekommen.«

Entsetzt drehte Chris sich zum Fenster. »Eine Frau!«

Die Oberlippe der Wurmspiel ging links etwas hoch. Chris hatte das schon bei Elvis Presley nicht gemocht.

»Hi, meine Liebe«, sagte die Lyrikerin. Es hörte sich an wie ein Messer, das durch gefrorenes Fleisch fährt. »Ein neues outfit? Wirklich ein ausgefallener Versuch, den Alterungsprozeß zu stoppen.«

»Wer die Jugend hat, hat die Zukunft«, lächelte Chris. »Obwohl ich reifere Damen, wie Sie, auch sehr anziehend finde.«

»Wissen Sie, meine Tochter hat eine ähnliche Frisur. Allerdings ist sie auch dreißig Jahre jünger als Sie.«

»Dafür hat sich die Mutter aber gut gehalten. Sie müssen doch jetzt auch in dem Alter sein, wo man abends gern ein Heizkissen im Rücken hat.«

»Kommen Sie näher an den Tisch, damit das Gift nicht so auf den Teppich spritzt.«

»Hab ich etwas Dummes gesagt?« Chris flatterte mit den Augenlidern. »Entschuldigen Sie. Immer urteile ich nach dem Äußeren.«

»Kaffee.« Schröder knallte die Kanne auf den Tisch, daß die Telefonklingel anschlug. »Und hört mit dem Gefetze auf. In meinen Augen seid ihr beide bildhübsch. Gut so?«

»Wie lieb von dir, Chef.«

»In deinen Augen? Du kannst doch im Augenblick nicht mal Farben unterscheiden.« Verena goß sich Kaffee ein und brachte sich auf dem Besucherstuhl in Positur. »Du und der Alkohol. Und ich dachte, dieses ...«, ihr Blick streifte Chris wie ein scharfkantiger Eiswürfel, »... platinblonde Fräuleinwunder hätte einen gewissen Einfluß auf dich. Oder trinkst du ihretwegen?«

»Wolfgang«, sagte Chris liebenswürdig. »Gehst du mal fünf Minuten raus?«

»Schluß jetzt!« bellte Schröder. »Trink deinen Kaffee, schnapp dir den Pinscher und bestell meiner Tochter ein Grüßchen. Und falls du Kohle abschleppen willst: Ist keine da. Die Auftragslage läßt heuer jeden Wunsch offen.«

»Mein Anwalt sagte etwas von gerichtlichem Mahnverfahren oder so. Kannst du mir erklären, was er damit gemeint hat?«

»Ich kann dir erklären, was ich mit dem Wisch machen werde. Ich werde ihn in Fetzen reißen, in tausend winzig kleine Fetzen.« Damit nahm er ein herumliegendes Blatt von seinem Schreibtisch und riß es vor Verenas Nase in kleine Schnipsel. »Kapiert? Noch mal?«

Hoffentlich war es nichts Wichtiges gewesen.

Bevor Schröders Ex-Frau zu einem neuen Hieb ausholen konnte, ging die Tür auf und Benno kam herein.

»Morgen zusammen. Ach du Scheiße.«

»Wie er sich freut, mich zu sehen«, strahlte Verena. »Na, hier scheint ja jeder einen Schlüssel zu haben.«

»Jeder nicht. Gott sei Dank«, sagte Benno und gab ihr höflich, aber widerstrebend die Hand. In all den Jahren waren sie sich nie nähergekommen als Gudrun Ensslin und Kurt Rebmann.

Nachdem er diesen Akt des Goodwill hinter sich gebracht hatte, trat er an den Türrahmen und schubberte sich ausgiebig den Rücken.

Verena zog die Luft durch die Nasenflügel und rettete ihre Contenance, indem sie ihre schlanken Beine übereinanderschlug.

Während Schröder und sie anfingen, ums Unterhaltsgeld zu feilschen, hockte sich Benno massig wie ein Raumteiler zwischen die beiden und Chris.

»Gestern abend hat sich eine Nachbarin bei Frau Lesniak gemeldet, die weiter unten an der Straße wohnt«, erzählte er. »Deren Tochter will mal was mit Harald gehabt haben.«

»Oho«, machte Chris und drehte sich eine verdiente Zigarette. »Hast du sie interviewt?«

»Sie war schon in der Disco. Ich dachte, vielleicht sprichst du heute mal mit ihr. So von Frau zu Frau.«

»Klar doch.«

»Hier, das ist die Nummer von dem Laden, in dem sie schafft.«

Chris zog das Telefon herüber und wählte. »Ja, Ullmann. Ich hätte gern Fräulein ... Birkart gesprochen.«

»Sag mal«, Benno fuhr mit der Hand über Wollis Schreibtisch, »hier lag gestern so ein Blatt. Genau hier.«

»Ja, ich bleib am Rohr«, und zu Benno: »Ein Blatt?«

»Darauf hatte ich alle Fakten zusammengestellt, über die wir verfügen.«

»Oh, ich glaub, das hat der Chef«, sagte Chris schnell.

Benno folgte ihrem Blick und sah nachdenklich auf die Schnipsel vor Schröders Füßen. »Hhhmmm ...«

Nach einem guten Stück Ewigkeit bekam Chris die bewußte Tochter ans Telefon. Ja, das mit dem Lesniak hätte sie gehört. Nein, sie kenne ihn kaum. Ja, da wäre mal eine Party gewesen. Nein, sie könne jetzt nicht reden, sie wäre schließlich kein Telefon-Junkey. Ja, sie könnten ein appointment treffen. Wo? Karstadt? Erfrischungsraum? Na, wenns sie anturnen würde ... Um eins? Gut, Ciao.

»Tschö mit ö.« Chris legte auf.

»Und das Aufpassen auf den Köter? Die Ratte hat mir den ganzen Wagen vollgekotzt«, schnauzte Schröder gerade. »Das macht eine Monatsrate, mindestens eine.«

Es klingelte durchdringend. Benno ging in den Flur. Man hörte Stimmen. »Ist mein Vater im Haus?« »Er schlägt sich gerade mit deiner Mutter.« »Hier, nehmen Sie mir das mal ab.« »Das glaubst du aber auch. Ich bin doch nicht dein Bimbo.«

Anna trat auf. Wenn Christiane nicht gewußt hätte, daß sie im Mai fünfzehn geworden war ... Braungebrannt, sicher nahtlos. Platzenges Rennrad-Höschen in schreiendem Pink, dazu passende Stöckelchen. Das knappe Shirt war wahrscheinlich als Alibi gedacht. An den Ohren schaukelten handtellergroße Silberringe.

Chris machte böse Nüstern. Lord Pips verzog sich fiepend in die Küche.

»Hi, Dad«, sagte Anna, beugte sich über ihren Vater und küßte ihn.

Schröder traten die Augen vor. »Wie siehst du denn aus? Und überhaupt, du schmeckst nach Farbe.«

»Da ist so ein Kerl im Hausflur. Ich habe mich richtig gefürchtet. Kann da nicht mal jemand nachsehen?«

»Das einzige, was du zu fürchten hast, bin ich.«

Benno hatte wohl die Tür nicht richtig geschlossen, denn plötzlich stand Gerd-Uwe im Zimmer. Lord Pips sprang kläffend an ihm hoch.

»Hach!« schrie Anna. »Das ist er.«

»Hast du vor meiner Tochter den Mantel aufgerissen?« Schröder wischte sich mit einem Tempo den Lippenstift ab.

»Ich? Gar keinen an.« Gerd-Uwe grinste, stakste auf Verena zu und hielt ihr die Hand hin. »Tach«.

»Ja, lassen Sie das mal.« Sie wandte sich ab und verzog das Gesicht, als habe sie sich gerade eine Rippe gebrochen.

»Komm, Gerd-Uwe«, sagte Chris und schob ihn in ihre Ekke. »Ich hole dir erst mal einen Kaffee.«

»Nett.«

Lord Pips sprang auf den Schreibtisch, wo er größer war, und verbellte den neuen Besucher. Chris kam mit einer Tasse, Benno stampfte mit einer dampfenden Teekanne aus der Küche. Inzwischen zog Gerd-Uwe eine Verlängerungsschnur quer durch den Raum und schaltete den Computer ein. Der Hund hielt das für ein Spielchen und schnappte nach den Kabeln.

»Gleich iss er gegrillt.«

Es zischte, dann gab es einen Knall. Von der Steckdose stieg bläulicher Qualm auf. »Kurzen«, sagte Gerd-Uwe, »Sicherung raus.« Und drängte sich an Anna vorbei, die sich flach an die Wand drückte.

»Kann man in diesem Tollhaus denn kein vernünftiges Gespräch führen?« Der Lyrikerin zitterte der Kiefer.

Schröder wies mit einer großartigen Geste durch den Raum. »Wir stellen gerade auf EDV um.«

»Wußtest du«, sagte Chris laut zu Benno, »daß Verena unsern Wolfgang nur geheiratet hat, um an einen Doppelnamen zu kommen?«

»Oouu!« Frau Schröder-Wurmspiel schnellte vom Stuhl. »Das ist ja wohl die Höhe! Komm, Anna!« Preßte ihr Kind an sich und stöckelte hinaus. »Du wirst von mir hören, Schröder.«

»Der Köter«, rief Wolli.

Zu spät. Das Knallen der Korridortür hallte noch eine Weile im Treppenhaus nach. Vorsichtig lugte Gerd-Uwe um die

Ecke. Keiner sagte einen Ton. Im Parterre schlug dumpf die Haustür zu.

»Die hat ihr Mittagessen auf«, sagte Schröder und tapste Christiane gönnerhaft den Arm. »Du erweist dich als recht anstellig, Kleines. Weiter so.«

****

In den »Limbecker Stuben« fiel ihr ein, daß sie die Tochter der Nachbarin noch nie gesehen hatte. Auch das noch. Also ging sie provozierend langsam mehrmals an den Tischreihen vorbei. Was ihr zwei Anträge von grienenden Kerls einbrachte. Nach der dritten Runde erhaschte ihr Auge ein paar rudernde Arme.

»Hi, hier sitze ich.«

Susanne Birkarts Make-up machte eine genaue Altersbestimmung unmöglich. Ein buntes Mädsken, hätte Schröder sie umschrieben.

»Ist ja extremst irre«, war ihr erster Satz.

Die Wiedergabe ihres folgenden, halbstündigen Monologes würde nur die Produktionskosten des Buches in die Höhe schnellen lassen. Darum hier ein Überblick:

Ja, war ne Party gelaufen, bei Fip. Ansonsten ne Location, aber an dem Abend hingen da nur Trendlemminge und Co und So rum. Ja, dieser Indianer aus der Dose stand da rum und grübelte sie irgendwie an. Aus Neugier hatte sie ein Lächeln verschleudert. Aber, nein, nicht ihr Fall. Eher son schmusiger Bedenkenträger, der den ganzen Abend Schleimpunkte sammelte. Voll im off, der Typ. Ja, so was kann man ja nur ablachen. Nein, sie hatten nicht die gleiche Blutgruppe gehabt. War deswegen auch nicht zur Stablegung gekommen.

Chris entnahm dem, daß Harald einer von den Schüchternen war und keine Chance gehabt hatte, in Fräulein Birkarts Bett zu landen. Und für diese Information opferte sie eine Stunde ihrer Lebenszeit.

Mit dem Charme ihrer achtunddreißig Jahre – der smalltalk mit Verena wirkte nach – bedankte sie sich »für die Mühe« und setzte sich ab.

Ein Flop. Da konnte es nicht schaden, sich an Schröders Erfolgen aufzurichten. Einmal unterwegs, kaufte sie hier was und da was und düste anschließend zum Schrottplatz.

Den Ascona fand sie in einem staubigen Hohlweg, mitten in der brütenden Nachmittagssonne. Demnach war der Chef irgendwo da oben. Sie kraxelte aufs Geratewohl den Abhang hinauf und scheuchte einen leichenblassen Schröder aus den Sträuchern.

»Oh, Mann.« Wolli krallte sich an eine herumstehende Birke, eine Hand am Herzen.

»Tschuldigung«, sagte Chris. »Hast mir plötzlich leid getan. Den ganzen Tag hier rumsitzen. Ich dachte, du hast vielleicht Langeweile. Oder Hunger oder so.«

»Ehrlich?« Wolli zog sie ins Buschige. »Meinst du das ernst?«

Sie kramte in ihrer Tasche und baute alles auf. »Drei noch fast warme Cheese-Egg-Burger, eine Cola, dein täglich Mars ... Das Eis mußt du zuerst essen, ist schon ganz weich. Ach ja, was für die Lauscher.« Sie legte eine MC auf seinen Radio-Recorder. »Rolling Stones, Steel Wheels, brandneu. Und heute abend kommst du zu mir, und ich koch uns Spaghetti.«

Schröder schluckte. »Du bist ...«

Chris legte ihm den Finger auf die Lippen. »Dein Eis schmilzt.«

****

Man konnte den Schreibtisch sehen. Wenn man direkt davor stand. Den Wandschrank schon nicht mehr. Und das Fenster war lediglich ein blaß schimmerndes Viereck irgendwo vorn.

Korns Pranke zerwedelte den Pfeifenrauch und warf das

Streichholz in die Richtung, wo der Aschenbecher stehen mußte.

»Er hat sich nicht bei Ihnen gemeldet?« Er stopfte nach und paffte ein paarmal. »Nein, nein. Kein Grund zur Aufregung. Ich danke Ihnen.«

Anruf Numero elf.

Zuerst hatte er es bei den Nummern probiert, die nur mit Vornamen aufgeführt waren. Margit, das war seine Schwester. Dann gab es eine Doris, allerdings nicht mehr unter diesem Anschluß. Einen Werner, der sich nicht meldete, und eine Franziska, die ihn seit Monaten nicht mehr gesehen hatte.

Danach hatte er systematisch die übrigen, die geschäftlichen abgearbeitet.

Bevor er weitermachte, goß er noch ein Schlückchen Nilgiri Orange Pekoe ins Täßchen und schnupperte. »Braun im Blatt, mit leichtem Einwurf und zart in der Tasse. Obwohl, gegen die Herbstpflückung kommt er nicht ganz an.«

Er schlug die nächste Seite in Haralds Telefonbuch auf, Buchstabe K.

»Kutzler & Maschinski«, meldete sich eine Frau.

»Korn hier. Schönen guten Tag, gnädige Frau. Ich hätte gern Herrn...«, er spähte ins Buch, »... Herrn Kutzler gehabt.«

»Sekunde.«

In Gedanken strich er den Namen durch. Diese Routinen waren meist so erfolglos wie sie notwendig waren. Und extrem nervig.

»Der Detektiv«, sinnierte Benno, »ist mehr Sammler als Jäger.«

»Wie bitte?«

»Oh, ich dachte so allgemein vor mich hin. Herr Kutzler? Mein Name ist Korn und ich ...« Er sagte sein Sprüchlein her.

»Tut mir leid. Da kann ich Ihnen nicht weiterhelfen.«

Hatte er es doch gewußt. Ein Strich, die nächste Numm...

»Ich wäre wohl der letzte, bei dem sich Herr Lesniak um eine Stellung bewerben würde.«

Oh, oh, oh! »Wie darf ich das verstehen?«

»Gar nicht. Das ist ... vielmehr, das war eine Sache, die keinen Dritten etwas angeht.« Er sprach nicht weiter. Jetzt hätte er eigentlich auflegen sollen. Machte er aber nicht.

»Herr Kutzler«, sagte Benno bedächtig, »da haben Sie gewiß recht. Bedenken Sie aber bitte, daß wir mit dem Schlimmsten rechnen müssen. Es ist nicht auszuschließen, daß Herr Lesniak sich in großer Gefahr befindet. Möglicherweise in Lebensgefahr.«

Sein Gesprächspartner antwortete mit einem Hüsteln.

»Wir nehmen an«, fuhr Benno fort, »sein Verschwinden hat etwas mit geschäftlichen Manipulationen zu tun. Für die sich natürlich auch die Polizei interessieren würde.«

»Die Polizei? Wieso?«

»Wir haben eine Vermißtenanzeige aufgegeben. Zu gegebener Zeit werden wir unseren Erkenntnisstand mit den Kollegen von der Polizei austauschen.« Das war nun kraß übertrieben. Noch nie in seinem Leben war Benno Korn der Gedanke gekommen, mit den Bullen etwas auszutauschen. Erst recht keine Infos.

»So.«

»Ja. Und wenn die erst mal anfangen zu wühlen ... Die wird man gar nicht mehr los.«

»Ich weiß wirklich nicht, wie ich Ihnen helfen könnte.«

»Vielleicht mit dieser Sache, die keinen Dritten etwas angeht.«

»Ich ... ich weiß nicht.«

Während Kutzler noch zögerte, erschien Fräulein Ullmann. Mit einem Gesicht, als hätte sie den Mund voll Essig. Sie setzte sich auf den Schreibtisch und ließ die Beine baumeln.

»Am Telefon geht das nicht.«

»Wenn Sie möchten, komme ich bei Ihnen vorbei.«

»Aber nur unter der Bedingung, daß Sie meine Information diskret behandeln.«

»Verspreche ich Ihnen, Herr Kutzler. Heute nachmittag? Gut, ich bin um halb drei bei Ihnen. Bis dann, Wiederhören.«

»Was Neues?« fragte Chris und goß sich was von dem Tee ein.

»Einer, der geschäftlich mit Harald zu tun hatte, macht einen auf geheimnisvoll. Ich werde nachher mal hinfahren. Na?« Er stand auf und öffnete das Fenster, damit der Rauch abziehen konnte. »Du machst so einen erfolgsverwöhnten Eindruck.«

Chris zerrte die Mundwinkel nach unten. »Das mit dem Foto war ein Flop, die Tussi kannst du abhaken, und Schröder langweilt sich in der Sonne. Wir stecken fest.«

Benno reckte sich gähnend. »Ultra posse nemo obligatur.«

»Wie meinen?« fragte Chris über den Tassenrand hinweg.

»Über sein Können hinaus ist niemand verpflichtet.«

»Wie tröstlich.«

»Heute abend wissen wir mehr, wenn ich bei Kutzler war.«

»Paß auf«, sagte Chris. »Wenn du hinkommst, ist er mausetot.«

Er zog die Brauen zusammen. »Warum das?«

»Ist immer so.« Sie zuckte die Schultern. »In Romanen wird so einer in der Zwischenzeit aus der Zeugenbank geschossen.«

Benno nahm sich den Buchstaben L vor.

****

Im hellen Sommersonnenschein, den Arm im runtergekurbelten Fenster, die Pfeife im Mund, zuckelte Benno gegen halb zwei los.

Die Strecke zwischen Karnap und Bottrop, zu beiden Seiten der B 224, hatte ihn in ihrer einzigartigen Häßlichkeit seit jeher fasziniert. Hier konzentrierte sich wirklich alles, was stank und obendrein äußerst unvorteilhaft aussah. Schnellstraße, Kraftwerk, Kokerei, Hochspannungsmasten und – als würde das nicht reichen – die liebliche Emscher. Die Leute, die es hier aushalten mußten, verdienten vierstellige Mietzuschüsse.

Während er Gladbeck hinter sich ließ, schweiften seine Gedanken ab. Sobald dieser Auftrag erledigt war, mußte er mal ein paar Wochen was Anständiges tun. Goethe lesen zum Beispiel. Oder den ganzen Heine, in einem Rutsch. Und was Feines kochen. Es gab da ein Rezept für Orangen-Ente... Oder Äsche im Gemüsesud. Hatte er auch immer mal machen wollen.

»Detektiv spielen«, brummte er. »Ist doch keine Beschäftigung für einen vielversprechenden jungen Mann.«

Jedenfalls auf die Dauer nicht. Schröder mochte da anders denken, aber Schröder... Nun ja.

Die Firma Kutzler & Maschinski fand er ohne zu suchen. Ein modischer Flachbau in einem Industriegebiet bei Marl. Er parkte den Benz im Schatten und meldete sich beim Pförtner. Der meldete ihn einem gewissen Herrn Schlicksupp. Der wiederum versprach Kutzlers Sekretärin zu informieren, die nach einer Weile ein löwenmähniges Wesen schickte. Man verstand sich aufs Delegieren.

Der blonde Bomber führte ihn zum Fahrstuhl, dann einen Gang entlang und in einen Besprechungsraum.

»Sekündchen«, flötete sie und verschwand.

Benno setzte sich. Nach zehn Sekunden klebte ihm der Plastikstuhl auf dem Rücken fest. Er zog es vor, im Stehen zu warten.

»Herr Korn?«

Kutzler war ein breitschultriger Endvierziger. Ein Mann, der sich zweimal am Tag rasieren mußte. Er gefiel ihm. Auch sein Händedruck.

»Wenn Sie sich kurz ausweisen würden.« Er machte ebenfalls keine Anstalten sich zu setzen.

»Natürlich«, sagte Benno und legte ihm seinen Rennecke-Ausweis vor. »Im Moment arbeite ich für die Detektei Schröder in Essen.«

Kutzler betrachtete das Bild, betrachtete Benno und gab ihm die Hülle zurück. »Tja...«, sagte er.

Benno erzählte noch einmal kurz, daß Harald Lesniak seit dem Wochenende verschwunden war. Und daß sie ihn im Auftrag seiner Mutter suchten.

»Tja, Herr Korn«, sagte Kutzler, als er geendet hatte, und sah ihm einen Moment lang prüfend ins Gesicht. »Wissen Sie zufällig, was Piperonylmethylketon ist?«

Benno versuchte erst gar nicht, das Wort nachzusprechen. Er schüttelte den Kopf. »Bedaure.«

Als er eine halbe Stunde später das Werk verließ, wußte er es. Eine Weile blieb er nachdenklich im Auto sitzen. Die erloschene Pfeife zwischen den Zähnen.

****

»Sehr schön.« Marcel schritt an den Kanistern entlang, als nähme er eine Parade ab. »Guter Mann, dieser... wie hieß er doch gleich? Damals?«

»Lesniak, Harald Lesniak«, sagte Sonja leise. Sie hatte Angst. Angst vor dem, was jetzt kam.

»Marcel?«

»Sonja?« Er lächelte sein schnelles Lächeln. Dabei schlenderte er herüber zu ihr.

»Wo nun alles... erledigt ist...«

»Ja?«

Sie wußte es. Er brauchte es erst gar nicht zu sagen. Er würde sie... Ihre Hand tastete nach dem Pfeiler, ein paar Sekunden lang drehte sich alles vor ihren Augen.

»Du wolltest etwas sagen.«

»Mein Geld«, sagte sie.

»Geld?« Marcel legte den Kopf schräg, dann drehte er sich zu Frank, der immer noch unbeweglich vor dem Wagen stand. »Welches Geld meint sie wohl? Hast du eine Ahnung?«

»Nein, Chef.«

»Wofür auch? Nicht wahr?« Er wandte sich wieder ihr zu. Sein Lächeln war verschwunden. »Wir haben doch alle Informationen. Nicht wahr, Frank?«

»Aber Marcel!«

Er beachtete sie nicht. »Oder hast du nicht aufgepaßt?«

»Natürlich, Chef«, sagte Frank. »Lieferschein und Frachtbrief sind auf eine Firma Mölling in Bergeborbeck ausgestellt, soll ein Chemie-Großhandel sein. Der Absender ist eine Schroth KG in Leverkusen.«

»Und die Übergabe?«

»Mit einer Vollmacht. Auf nem Mölling-Briefbogen getippt, mit Firmenstempel. Sie hat ein halbes Dutzend in ihrer Tasche.«

»Na siehst du.« Er drehte sich zu ihr um und hielt die Hand auf. »Ab heute bin ich der Chemiehandel Mölling. Gib mir die Papiere. Und diese Briefbögen.«

»Nichts kriegst du! Überhaupt nichts!« Sie preßte die Tasche an sich. »Schlagt mich tot. Aber die Papiere kriegt ihr nicht. Ich will meine fünfzigtausend. Und zwar sofort. Wie versprochen.« Sie machte einen schnellen Schritt zur Seite.

Marcels Hand schnappte vor, packte ihren Kiefer, drückte ihr den Kopf in den Nacken, vor den kalten Pfeiler. Es tat furchtbar weh. »Hast du im Ernst geglaubt, ich werfe fünfzig Riesen zum Fenster raus?«

»Du hast es versprochen.« Einen Moment konnte sie ihn durch die Tränen kaum erkennen. Es war nicht nur der Schmerz. Das nicht allein. Sondern ... »Du hast es versprochen. Marcel! Ich brauche das Geld. Ich hab mich so darauf verlassen. Ich ...«

Wie angeekelt stieß er sie von sich. Ihr Kopf knallte gegen

den Stahl, dann knickten ihr die Beine weg. Wie in einem Film sackte sie am Pfeiler entlang zu Boden.

»Marcel!« Auf den Knien rutschte sie auf ihn zu, versuchte vergeblich, seine Beine zu umfassen. Hätte ihm die Füße geküßt, wenn er nur... Beim Kriechen schürfte sie sich die Haut auf, die Strümpfe zerfetzten auf dem Beton. »Marcel! Ich flehe dich an. Du ahnst ja nicht, was das Geld für mich bedeutet. Marcel, bitte! Warte doch!«

»Geld?« An der Garagentür drehte er sich noch einmal um. »Das kannst du dir verdienen.«

»Marcel, bitte!«

»Du wirst dich um meine Gäste kümmern. Spezielle Gäste.«

Dieses Schwein! Dieses dreckige, ekelhafte Schwein!

»Ist doch genau das Richtige für dich und deinesgleichen. Zu was taugt ihr denn sonst?«

»Marcel!«

****

Kurz vor zehn schleppte Schröder sich mit steifem Rücken die Treppen zu Christianes Dachwohnung hoch.

»Ich hasse diesen Weißdornbusch«, jammerte er und nutzte die Gelegenheit, seinen Kopf auf ihre Schulter zu legen.

»Och, du armer, armer Wolli.« Chris strich ihm tatsächlich über den Hinterkopf. Stundenlang hätte er so stehenbleiben können. Stundenlang. »Ist es so schlimm?«

»Viel schlimmer. Was soll ich antworten, wenn einst die Enkel auf meinen Knien fragen: Und wo warst du, in jenem Sommer, als Steffi und Boris in Wimbledon der Welt zeigten, was es heißt, deutsch zu sein? Wo, als der Mann mit dem Muttermal aus dem Russenland...«

»In einem Strauch.« Chris nickte an seinem Kopf. »Manche trifft es aber auch wirklich beinhart.«

Lord Pips hatte ihn inzwischen entdeckt und zerrte an seinem Hosenbein. Wolli nahm sich vor, ihn zu ignorieren.

»Nicht einen Tag länger mach ich das. Willming und Hännes tun nichts anderes als rumhängen. Und Bier saufen. Ach, übrigens ...«

»Im Kühlschrank«, sagte Chris und ließ von ihm ab.

Schröder sah sofort nach. »Flaschbier?« wunderte er sich. »Seit wann trinken wir Flaschbier?«

»Da ist Pfand drauf.«

»Ja und?« Schröder setzte an, trank die Hälfte weg und ließ zischend die Kohlensäure raus. »Verzeih, meine Liebe. Ich kann da nicht folgen.«

»Schon mal was von Umweltschutz gehört?« Sie hob ein schlaffes Knäuel Spaghetti halb aus dem Wasser. »Schon mal ausgerechnet, wieviel Zentner Weißblech du pro Jahr leer machst?«

»Zentner«, sagte Wolli nur und trank noch ein Schlückchen.

»Du, ich meine das ernst.«

»Das fürchte ich auch.«

»Wir sollten wenigstens deine leeren Bierdosen sammeln und sie fünfmal in der Woche zum Weißblech-Container bringen.«

»Was soll denn das so plötzlich?«

»Da draußen windet sich zuckend die Welt im Todeskampf.«

Schröder warf einen Blick aus dem Küchenfenster. »Und was hat das mit meinem Bier zu tun?«

»Mach jetzt keinen auf dumm.«

»Umweltschutz«, sagte Wolli. »Wieso müssen wir ausgerechnet bei mir anfangen? Weißt du, was Oma Lene neulich erzählt hat? Die Ostsee ...«

»Das ist es ja. Wenn niemand was tut, wird sich auch nichts ändern. Beim Müll fängt das an.« Sie drehte sich zu ihm. »Na, komm. Bißchen Disziplin, Wolli.«

Schröder äugte auf die Pulle in seiner Hand. »Ich war eine Dose«, sagte er. »Na, wenns dich glücklich macht.« Und trank die Flasche leer. »So, was ist nun? Mein Magen schreit nach fester Nahrung.«

»Kannst schon mal die Nudeln abgießen.«

Während Schröder mit Mühe einer Verbrühung entging, deckte Chris den Tisch unterm Dachfenster. Es gab auch Wein dazu. Und Kerzen und Servietten.

»Spaghetti tonno.«

»Lecker.« Wolli strahlte. »Kennst du den ...«

»Ja«, sagte Chris. »Wir basteln uns ein Thermometer. Alles, was wir brauchen, sind ein Glasröhrchen und fünfzehn Dosen japanischen Thunfisch. Salute.«

»Salute.«

Die neuen, teuren Gläser klangen aneinander.

Später, nachdem sie den Abwasch unter der Spüle versteckt hatten, standen sie am Fenster und guckten in den Himmel. Wolli fragte sich, wann sie merken würde, daß seine Hand auf ihrer Hüfte lag.

»Benno hat angerufen. Er hätte eine Spur.«

»Wie interessant.« Schröder ergab sich bereits träumend dem Sonnenuntergang.

»Er wollte aber noch nichts verraten.«

Hinter ihnen fiepte der Hund. Er fand keinerlei Beachtung.

»Chris.« Mit dem Weinglas in der Hand beschrieb er einen Bogen übers Panorama. »Sieh doch.«

Schweigend standen sie im letzten Abendlicht, das rot wie Feuersglut den Himmel überzog. Frei schweifte ihr Blick über die Dächer der schlafenden Stadt. Von St. Mariä Empfängnis bis zum Finanzamt Essen Süd. Und purpurn stand die Sonne über dem Klinikum.

»Wie schön es ist.«

»Wie wunder-wunderschön.«

»Öffnet nicht dieser Moment dein Herz, Christiane?«

»O ja. Ich fühle es.« Ein Schleier von Tränen legte sich über ihre Stimme.

Sanft hob er mit dem Finger ihr Kinn, bis ihre feuchten Augen die seinen fanden. »Ich trage es schon seit Wochen mit mir herum. Aber nie habe ich den Mut gefunden, es dir zu sagen.«

»Sprich es aus«, hauchte Chris.

»Weißt du, daß ich noch niemals für einen Menschen so empfunden habe wie für dich?«

Chris ließ ihr Kinn zittern. »Oh, Wolfchang!«

Ein unangenehmes Geräusch in ihrem Rücken ließ sie über die Schulter sehen. Lord Pips erbrach sich zu ihren Füßen.

»Mann«, sagte Schröder. »Das war zuviel für ihn.«

****

In den Schmutz gezogen. Dreckig. Besudelt. Alles hatten sie kaputtgemacht. Das bißchen Stolz in ihr. Das bißchen Sicherheit, das gerade erst zu wachsen anfing. Das fast greifbare Gefühl, eine Frau zu sein. Selbst das. Alles, was ihr Leben ein klein wenig erträglich gemacht hatte. Kaputt, zerschlagen.

Bist ja selbst schuld daran. Er hat dir eine Falle gestellt. Eine so simple Falle. Und du bist natürlich hineingetappt, in deiner Naivität. Weil du von keinem Menschen etwas wirklich Schlechtes erwartest. Du hast ihm vertraut. Gerade dem, diesem Zuhälter. So dumm kannst auch nur du sein. Und Jürgen hat dich noch gewarnt.

»Jürgen.« Sein Name klang fremd. Als wenn es Jahre her wäre, daß er weggefahren war. Und wenn er wiederkam ... Sie schlang die Arme um das Kissen, drückte ihr verheultes Gesicht hinein. Wenn er wiederkam, würde er sie nicht mehr wollen.

Wer will schon eine Hure?

Was nun kommt, ist ein Albtraum. Mach dir nichts vor.

»Geld kannst du dir verdienen.«

Es klang so harmlos. Wie »arbeiten gehen«. Aber sie hatte Augen im Kopf. Kannte das MALIBU zu lange, zu gut. Nur, bisher war es nicht ihr Problem gewesen. Bisher.

Da bist du gelandet. Hier enden deine Träume. Wo es immer mit euch endet. Mit deinesgleichen. Und dafür mußte Harald Lesniak sterben.

Auf der Treppe wurden Schritte laut. Eine Diele knarrte. Sofort richtete sie sich auf, starrte auf die Tür. Der Schlüssel wurde ins Schloß gesteckt, umgedreht. Frank.

»Nein.« Panisch kroch sie bis ans Bettende. »Laß mich in Ruhe. Hau ab.«

Er drückte die Tür hinter sich zu, schloß ab.

»Ich will das nicht. Hörst du? Ich will das nicht! Ihr könnt mich nicht zwingen!« Sie sprang vom Bett, drückte sich an die Wand. »Verschwinde!«

Frank kam näher.

»Rühr mich nicht an!«

Dicht vor ihr blieb er stehen. Sein Schweißgeruch nahm ihr fast den Atem. Dann schlug er zu. Ihr Kopf wurde gegen die Wand geschleudert.

»Du Scheißke . . .«

Er schlug mit beiden Händen. Bedächtig, routiniert. Schlug zu. Immer und immer wieder. Sie schrie nicht. Versuchte nur, ihr Gesicht zu schützen. Ihre Arme wurden heruntergerissen, dann schlug er weiter. Schlug, bis sie zusammensackte.

»Du dreck . . . iges Ludenschw . . .« Aus aufgeplatzten Lippen tropfte Blut auf den Teppich, ihre tastenden Hände verschmierten sich rot.

Über ihr zischte etwas.

An den Haaren riß er ihren Kopf nach hinten. Das Blut lief ihr durch die Nase in den Rachen.

»Zunge raus«, sagte er. In seiner Hand glitzerten ein paar winzige, durchsichtige Kristalle.

»... ist das?«

Ein glühender Schmerz fuhr durch ihre Kopfhaut, als er seinen Griff verstärkte. Wie von selbst schob sich ihre Zunge durch die verklebten Zähne.

Er ließ die Kristalle in ein Glas fallen, füllte es mit Selter, drückte es ihr an den Mund. Ohne Willen trank sie, schluckte mühsam mit zurückgedrücktem Kopf. Kristallsplitter kratzten durch ihren Schlund. Sie trank, bis das Glas leer war.

»Was ... hast du mir ge...?«

»Lecker?« Frank lachte und stieß sie gegen das Bett. »Ist auch teuer genug.«

»... war kein Benzedrin.«

»Ice«, sagte er und ging zur Tür. »Das war Ice.«

Es war, als hätte er sie endgültig zu Boden geschlagen.

****

Beim Erwachen wußte er im ersten Moment nicht, wo er...

Blödsinn. Und ob Schröder wußte, wo er war. Blinzelnd tastete er neben sich das Laken nach Christiane ab. Seine Hand stieß gegen etwas Weiches. Nasses! Schlappendes!

Der Yorkshire-Terrier hechelte ihn mit tropfender Zunge an.

»Kotzer«, sagte Wolli, und er sagte es nicht unfreundlich. »Du magst mich nicht, ich mag dich nicht. Warum hängen wir uns dann dauernd auf der Pelle?«

Winselnd setzte sich Lord Pips auf die Hinterpfoten und machte Männchen. Dabei verlor er die Balance und kippte der Länge nach vom Bett. Wumms!

Schröder stand auf und stieg über den schreckstarren Hund. Aus der Küche lockte Kaffeeduft.

»Morgen, Chef.«

»Meine teure Freundin, dieser Köter...«

Das Telefon klingelte.

»Ja, Tagchen. Wolfgang Schröder-Ullmann«, meldete Wolli sich.

»Es ist zehn Uhr. Warum bist du nicht in deinem Gebüsch?« wollte Benno wissen.

»Heute ist Freitag. Was glaubst du, warum der Freitag Freitag heißt? Und überhaupt muß ich erst frühstücken.«

»Könnt ihr bei mir. Haralds Schwester is back in town und wird jeden Moment hier auftauchen.«

»Wir bringen Kaffee mit«, rief Chris, ein Ohr an der Muschel.

»Diese verdammte Hektik!« bellte Schröder.

Auf dem Birkenhof saß Benno mit einer netten, blonden Frau unter der Kastanie.

»Herr Schröder, Frau Ullmann, Frau Lesniak-Dräger«, stellte Benno vor, wobei er Heringsstipp auf eine Brotscheibe häufte.

Sie stand zur Begrüßung auf. Küßchen links, Küßchen rechts. Schröder kam sich vor wie im Kreml.

»Das ist ja furchtbar«, stieß sie aus, nachdem sie auch Chris abgeschmatzt hatte. »Ich war total platt, als meine Mutter mich anrief. Ich arbeite als Reisebegleiterin bei einem Bus-Unternehmen und bin deshalb ständig unterwegs. Also ... Harald ist noch nie von zuhause weggeblieben. Glauben Sie, ihm ist was passiert? Was sagt denn die Polizei dazu?«

Wenn sie auch viel und schnell sprach, vermied sie wenigstens diesen hysterischen Unterton, den Wolli so verabscheute. Diese alternativ-schmusige Abküsserei allerdings ...

»Meine Mutter ist total fertig. Die schafft das nicht mehr lange. Daß jemand sein Auto abgemeldet hat ... Ich versteh das alles nicht. Man könnte ja fast glauben, ihm ... er ... Glauben Sie das auch?«

»Nein«, log Wolli und hielt Chris seine Tasse hin.

»Ein großes, naives Kind ist er«, fuhr die Schwester fort.

»Auf den muß man ständig aufpassen. Nicht auszudenken, wenn...«

»Bißchen Kaffee?« stoppte Chris ihren wieder anhebenden Redefluß und goß nach. »Kennen Sie seinen Bekanntenkreis?«

»Danke. Nein, kenne ich nicht. Wissen Sie, ich habe nie eine richtige Beziehung zu ihm gehabt. Nicht mal seine Mutter. Er ist so... so verschlossen. Obwohl er auf der anderen Seite reden kann wie ein Wasserfall.«

Benno nickte verständnisvoll. »Sagt Ihnen der Name Sonja Lehmann etwas?«

»Ja.«

Benno hielt im Kauen inne. Chris, die Kanne noch in der Hand, wurde steif. Wolli reckte den Kopf vor. »Ja?« fragte er.

»Ja. Ist aber schon eine Weile her. Ein Jahr vielleicht. Da hat er den Namen mir gegenüber erwähnt. Warum fragen Sie?«

Benno machte eine ungeduldige Handbewegung.

»Ich war völlig überrascht, weil er doch nie was mit Frauen hatte. Und dann noch mit so einer.«

»Mit so einer?« fragte Chris und setzte sich endlich.

»Na, er hat mir ein Bild von ihr gezeigt. Und gefragt, was ich von ihr halten würde.«

»Und?«

»Das Foto war recht undeutlich. Doch was ich erkennen konnte, entsprach nicht meinem Geschmack.« Sie sah in die Runde. Da keiner was sagte, fuhr sie fort. »Sie sah ziemlich vulgär aus. Stark geschminkt, rotes Haar bis auf die Schultern, na.«

»Anfang dreißig?«

Die Schwester nickte heftig. »Er wollte nicht raus damit, wer sie war. Und als ich ihm sagte, ich fände sie vulgär, war er eingeschnappt. Was ist mit der?«

Benno machte den Mund leer und erzählte, was sie bisher über Sonja Lehmann wußten.

»Unvorstellbar.« Die Schwester hatte ihren Kaffee immer noch nicht angerührt. »Harald und so eine Frau?«

»Ich glaube«, sagte Benno, »wir machen uns die ganze Zeit über ein falsches Bild von Ihrem Bruder. War diese Sonja allein auf dem Foto?«

»Nein, das war wohl auf einer Party aufgenommen. Oder in einer Kneipe. Aber die anderen Leute darauf haben mir nichts gesagt.«

»Hat er mal Afrika oder Casablanca erwähnt?«

»Ja, ich glaube schon. Ist aber schon Monate her. Und ich weiß überhaupt nicht mehr, in welchem Zusammenhang. Groß drüber geredet hat er bestimmt nicht. Daran könnte ich mich erinnern.«

»Sie halten es nicht für möglich, daß er nach Afrika ist?« fragte Wolli ohne Hoffnung auf Erfolg.

Gab auch keinen. »Harald? Nein. Unmöglich. Der ist ja nicht mal freiwillig mit zum Onkel ins Sauerland gekommen. Reisen ist dem verhaßt.«

Das war es dann auch. Von »heißen Eisen« wußte sie nichts, auch nichts von einem zweiten Bankkonto. Wolli fragte sich, ob die Unterhaltung sie weitergebracht hatte. Schien nicht der Fall.

»Meine Mutter sagt, Sie hätten noch kein Honorar bekommen.«

»Ach.« Wolli versuchte eine joviale Geste.

»Richtig«, sagte Chris und legte ihr Messer auf den Teller.

»Ich schreibe Ihnen einen Scheck aus. Werden viertausend Mark erst mal reichen?«

Schröder verschluckte sich prustend.

»Ich denke ja«, sagte Chris und schnappte sich das Papier.

****

»Piperonylmethylketon«, sagte Benno. »Spricht sich gut, wenn man es einmal raus hat.«

»Und was ist das?«

»Haralds heißes Eisen.«

»Benno, Benno.« Chris war voller Anerkennung.

»Du biss en Gott!« trieb Schröder es auf die Spitze.

Benno dankte, nahm das Brot, brach es und trug satte drei Zentimeter Quark auf.

In Schröders Speiseröhre schob sich ein faustgroßer Glibber nach oben. »Wenn du dich vielleicht ein wenig in Details ergehen könntest ...«, schlug er vor und konzentrierte sich auf das karierte Tischtuch.

»Wollte ich gerade«, sagte Benno. »Vor einigen Wochen hat Harald diesem Kutzler ein krummes Geschäft vorgeschlagen. Der sollte ihm fünfzig Liter von dem Zeug verkaufen. Die Papiere ausgestellt auf eine Scheinfirma. Kutzler hat das abgelehnt und sofort Haralds Chef angerufen.«

»Wieso? Was ist denn das für ne Brühe?« wollte Chris wissen und bediente sich ebenfalls aus dem Quarktopf. Ein Sadist aus der Marketing-Abteilung hatte sich ein rotgedrucktes »Guten Appetit« dazu einfallen lassen.

Schröder stand auf und tätschelte die Kastanie, den Rücken zum Tisch. Der Glibber stabilisierte sich etwa in Brusthöhe.

»Piperonylmethylketon«, dozierte hinter ihm Benno, »oder PMK riecht wohl ziemlich lecker. Darum hat man früher auch Parfum draus gemacht.«

»Aha. Und heute?«

»Synthetische Drogen«, sagte Benno und biß ab.

Chris pfiff krümelsprühend.

»Genauer gesagt Designer-Drogen. Vor allem Ecstasy, ein ganz fieses Zeug. Im Gegensatz zu ihm ist das Piperonylundsoweiter frei verkäuflich.«

»Und was ist an dem Eisen so heiß?«

»Frei verkäuflich heißt nicht, daß die Bullen nicht ein Auge drauf haben. Du kannst also nicht in die nächste Apotheke gehen und dir ein Pfund unter den Arm klemmen.«

Keiner sagte was.

»Diese Designer-Drogen werden fast ausschließlich von kleinen Arschlöchern in irgendwelchen Kellerlabors zusammengemixt. Bei der Herstellungs-Temperatur kommt es laut Kutzner auf ein zehntel Grad an. Was diese Drogen-Schweine natürlich nicht kontrollieren können. Dadurch entstehen laufend neue Substanzen, die sie selbst gar nicht kennen. Geschweige denn deren Nebenwirkungen. Und die reichen bis zur Parkinsonschen Krankheit.«

»Dann wird mir einiges klar«, sagte Chris.

»Ja. Darum rückt auch kein Produzent dieses Piperwieauchimmer so einfach raus.«

»Und Kutzler ist so ein Produzent.«

»Richtig. Er war wohl einer von Haralds ersten Versuchen, unerkannt an das Zeug zu kommen. Was nicht ausschließt, daß unser Bubi nicht doch noch einen Lieferanten aufgetrieben hat.«

Die Sorge um sein Wohlbefinden schloß Wolli vorübergehend von der Diskussion aus.

»Fragt sich«, fragte sich Benno, »an wen er das Zeug verkaufen wollte oder verkauft hat.«

»An Sonja?«

»Kann ich mir nicht denken. In dieser Branche gibts noch keine Quoten-Frauen. Da haben die Kerls das Sagen. Wenn überhaupt, dann ist Sonja nur ein Bindeglied.«

»Aber sein Verschwinden hat was mit diesem Zeug zu tun.«

»Das ist mehr als möglich. Könnte sogar sein, daß er einen Lieferanten für fertiges Ecstasy gefunden hat.«

»Und dann hat es Krach gegeben.«

Der Glibber kroch schmatzend zurück in den Magen. Wolli sah über die Schulter. Die beiden waren bei Kirschmarmelade angelangt. Er goß sich einen schönen schwarzen Kaffee ein.

»Damit bekommt der Verkauf seines Autos eine unheilvolle Bedeutung«, unkte Chris. »Glaubst du ...?«

Benno wiegte den Kopf. »Jeden Tag werden Leute für weniger umgebracht. Schließlich ist er eindeutig ins kriminelle Milieu abgerutscht. Andererseits ...«

»Machen wir uns nichts vor«, sagte Chris leise. »Die Chance, daß er lebt, wird mit jedem Tag kleiner.«

Ein unangenehmes Schweigen machte sich breit. Benno sah auf seine gefalteten Pranken, Chris kräuselte den Mund zu einem O.

Wolli kratzte sich unappetitlich laut am Kopf. Von fern drang die Sirene eines Feuerwehrwagens herauf. »Da wird ne Wohnung frei«, versuchte er locker zu sein.

»Hör auf, Schröder!« Chris sprang auf. »Ich finde so was reichlich geschmacklos.«

Schröder brach mit der Tradition und schwieg.

»Designer-Drogen, Sonja Lehmann und immer wieder Casablanca«, rätselte Chris. »Das gibt doch kein zusammenhängendes Bild.«

»Das Ganze ist mehr als die Summe seiner Teile.« Benno Korn.

»Fällt euch nichts dazu ein?«

»Tja«, sagte Wolli. »Casablanca kenn ich nur vom Film.«

Christianes Blick war schon herzlicher gewesen. »Unsere einzige Spur ist und bleibt Heinz-Georg Willming.«

»Nicht der schon wieder.« Wolli hob beide Handflächen. »Dann klettert aber mal ein anderer in den Ginster.«

»Erstens«, beharrte Chris, »ist er ein Strohmann, hinter dem mindestens zwei Scheinfirmen hängen. Und zweitens halte ich es nicht für einen Zufall, daß Sonja gerade ihm den Wagen verkauft hat. So weit raus fährt niemand freiwillig.«

»Willming kennt diese Sonja nicht.« Benno fing an, eine Pfeife zu stopfen. »Sonst hätte er nie ihren Namen rausgerückt und sie beschrieben und all das. Und zum Schauspielern ist er zu blöd.«

»Habe ich auch nicht behauptet. Jemand muß der Lehmann diesen Schrottplatz empfohlen haben. Jemand, der also sowohl sie als auch Willming kennt. Vielleicht derjenige, der hinter all diesen Scheinfirmen steckt.«

»Gut«, meinte Schröder und steckte sich eine wohlverdiente Zigarette an, »und wie kriegen wir raus, wer dieser Jemand ist?«

»Ganz einfach. Wir bringen ihn und Willming zusammen.«

Jetzt legte auch Benno seine Stirn in Falten. »Klar«, sagte er. »Ganz einfach.«

»Hört mal zu, Jungs.«

****

Die Bremslichter des Mercedes leuchteten zweimal auf.

»Es hat geklappt«, juchzte Schröder. »So ein Mutant. Der ist noch bekloppter, als er aussieht.«

»Wolfgang.«

»Iss was?« Wolli gurtete sich an.

Irgendwie hatte sie der Auftrag sensibler gemacht. Jedenfalls gingen ihr diese Sprüche ziemlich auf den Geist. »Willming ist nicht Sascha Hehn, okay. Aber dafür kann er wohl nichts.«

»Jetzt nimmt sie ihn auch noch in Schutz. Dabei müßte sich bei Willmings Anblick jede Frau schaumig erbrechen.«

»Schröder! Wenn du nicht sofort dein faschistisches Gerede einstellst ... Er ist ein Mensch wie du und ich.«

Hundert Meter vor ihnen schlingerte der kunterbunte Kadett auf den Sachsenring, nahm einem hupenden Golf die Vorfahrt, schnitt dabei einen Radfahrer und verschwand in einer blauen Abgaswolke.

»Dann wollen wir mal.« Chris wartete, bis Bennos Mercedes sich vom Parkstreifen gelöst hatte, und fuhr an.

»Kannst du das denn auch?«

»Willst du fahren, Chef?«

»Ich brauch ja nichts mehr zu lernen.«

»Sorry.« Willming setzte den Blinker nach links. Chris ordnete sich drei Wagen hinter ihm ein. »Hab glatt vergessen, wer neben mir sitzt.«

Bis unterhalb von Freisenbruch sagte Wolli kein Wort mehr. Auch nicht, als sie meinte, Willming würde über die Steeler Straße in die Stadt fahren. Er zuckte nur die Achseln und sah blasiert aus dem Fenster.

Benno, der vor ihnen fuhr, hielt Abstand zum »Objekt«. Auf diese Weise war es fast eine Spazierfahrt.

»Wolli«, sagte sie mit Nachdruck und rollte vor der Ampel aus.

Schröder tat, als interessiere er sich brennend für die Konzertplakate auf der Litfaßsäule.

»Wolli-Mäuschen.«

Keine Reaktion. Nur Muffeln.

»Wölfi-Herzchen.«

Schröder steckte sich eine Zigarette an und brach dabei fast den Aschenbecher aus dem Fiesta.

»Das mit dem faschistischen Gerede nehme ich zurück.«

Er schnippte die Asche ab. »Maffay kommt nach Essen.«

»Wow!« machte Chris. »Ich liebe diese Kerls. Schwarzes Leder, bis zum Bauchnabel offen, Drei-Tage-Bart, Mähne im Wind, und wie sich das Höschen um den knackigen Arsch spannt... Wow!« Sie stülpte die Lippen wie Jagger und feuerte eine Serie imaginärer Küsse gegen die Windschutzscheibe. »Und so was muß über sieben Brücken gehen.«

»Er ist ein Mensch wie du und ich«, sagte Schröder. »Und wenn du nicht brav bist, schenk ich dir ne Eintrittskarte.«

»Guck mal, wir fahren bei uns vorbei.«

Wolfgang sah zum Büro hoch. »Hab ich den Herd wohl doch abgestellt.«

»Kannst du mir mal sagen, warum Benno dauernd bremst? Die Straße ist doch total frei.«

»Du sollst Willming übernehmen. Überhol mal.«

Chris scherte aus und stieg aufs Gas.

»Paß auf! Die Straßenbahn!«

»Ach, das schaffen wir spielend.«

»Ullmann! Bist du wahnsinnig?« Panikartig stemmte Schröder sich gegen das Armaturenbrett.

Die 103 schwenkte in die Gerade und kam genau auf sie zu.

»Das Weiße im Auge des Fahrers mußt du sehen«, sagte Chris, überholte Benno, grüßte souverän und setzte sich vor ihn.

Kreischend und bimmelnd schoß die Bahn an ihnen vorbei.

»Falls ich je lebend hier rauskomme...«, ächzte Schröder.

»Chef, deine Nerven. Du solltest dir mal en Schuß Baldrian ins Badewasser tun.«

Hinter der Synagoge fand Wolli zur Sprache zurück.

»Regel Nummer eins: Verhalte dich unauffällig.«

»Mache ich doch.« Sie wies auf Willming, der Richtung Norden düste. »Aber abhauen soll er wohl auch nicht.«

»Deine leichtsinn...«

»...sportliche.«

»...Fahrweise hätte ihn aufmerksam... Ach, was rede ich.« Er guckte nach hinten zu Benno. »Funk müßte man haben.«

»Erst kommt deine Einkommenssteuer dran. Ob Willming richtig angebissen hat?«

»Meinst du, der fährt zum Spaß wie der Teufel?«

Hinter dem Altenessener Einkaufszentrum ließ sie Benno wieder nach vorn. Für das erste Mal machte sie das ganz gut, fand Chris.

»Normalerweise«, erklärte Wolli, »nimmt man dazu fünf Autos, die sich ständig abwechseln. Aber der Willming ist ja...« Den Rest behielt er für sich.

»Es geht rechts ab, Chef.«

»Graitengraben«, las Wolli das Straßenschild. »Ich rieche förmlich, wie wir der Sache näherkommen.« Und schnupperte aus dem Fenster wie ein Hund.

Benno tippte kurz auf die Bremse. Der gelbe Kadett mit der blauen Tür und den weißen Kotflügeln bog in ein Grundstück ein. »Club MALIBU« stand auf der Leuchtreklame am Tor. Chris setzte den Blinker und wollte rechts ran.

»Aber hurtig weiter«, raunzte Schröder.

»Heh Er ist doch ...«

»Mensch«, sagte Wolli. »Fällt gar nicht auf, wenn hier zwei Wagen vor dem Eingang rumlungern, was?«

Erst in der nächsten Seitenstraße durfte sie parken.

»Na also. Da lacht die Koralle«, sagte Benno, als sie zu ihm in den Wagen stiegen.

»Und nun?« Chris sah von einem zum anderen. »Müssen wir den Schuppen nicht im Auge behalten?«

»Nee.« Schröder hing halb aus dem Fenster. »Da vorn ist ne Kneipe. Was meint ihr? Ich hab Kohldampf.«

»Gute Idee«, sagte Benno und tatschte sich den Bauch.

»Ja, aber... Wir können doch jetzt nicht essen gehen?« Chris verstand die Welt nicht mehr.

»Doch«, sagte Benno und hielt ihr mit einer Verbeugung die Tür auf. »Essen kann man immer.«

****

Ice. Klar hatte sie davon gehört. Die reinsten Horror-Stories hatte sie gehört.

»Alles Quatsch.« Im Grunde war es auch nichts anderes als Benzedrin. Was Ähnliches jedenfalls. Und gut war das Zeug.

»Ungeheuer gut. Unvorstellbar. Gigantisch.« Ein Lachanfall erfaßte sie, schüttelte sie richtig. Mann! So einen wahnsinnigen flash hatte sie noch nie gehabt.

»Trotzdem, mein lieber alter Marcel, muß ich jetzt gehen.« Sie kicherte bei dem Gedanken, was für ein Gesicht der machen würde. Wenn er merkte, daß sie weg war.

Spaltbreit zog sie die Tür auf, leise. Das Treppenhaus war ruhig und dunkel. Noch lief kein Betrieb in der Bar. Der setzte erst in ein, zwei Stunden ein. Bis dahin war sie über alle Berge.

Ha! Für dich auf den Strich gehen, was? Das würde dir so gefallen, Marcel. Ja, das glaub ich.

»Dann wollen wir mal.«

Gestern ist es noch ein Kinderspiel gewesen, aus dem Haus zu kommen. Da bist du ein- und ausgegangen, wie du wolltest. Jetzt paß mal fein auf. Ehe dich die Kerls erwischen.

Ein letztes Mal sah sie ins Zimmer zurück. Nichts vergessen? Nein.

Ciao, Marcel. Ciao, ihr Luden.

Sie nahm die Schultertasche und trat auf Zehenspitzen in den Flur hinaus. Schlich zur Treppe, horchte. Nur ihr Herz schlug ein bißchen. Nicht sehr. Das kam von dem Zeug. Angst hatte sie überhaupt nicht. Wovor denn? Vor denen? Pah! Draußen auf der Straße dröhnte ein Wagen vorbei. Clever nutzte sie das Geräusch und stieg die Treppe hinunter. Immer am äußeren Rand der Stufen.

Ihr könnt mich doch nicht leimen. Ihr doch nicht.

Durch den Haupteingang konnte sie natürlich nicht. Da lag gleich Marcels Büro daneben. Vielleicht hinten hinaus, durch die zweite Tür zum Parkplatz. Oder durch die im Keller.

Sie war die Treppe noch nicht halb hinunter, als unten die Tür zur Bar aufflog. Mist! Sofort ducken. Keine Möglichkeit zum Verstecken.

Frank ging quer durch die Halle. Wenn er seinen Kopf auch nur ein kleines Stück hob, mußte er sie sehen. Sonja merkte, daß sie den Atem anhielt. Ihre Hand schmerzte, so sehr krallte sie sich an das Geländer. Hatte sie etwa doch Angst? Quatsch!

Seelenruhig ging Frank zum Telefon, hob ab, wählte eine Nummer. Dabei drehte er ihr den Rücken zu.

Langsam, unendlich langsam drückte sie sich die Treppe hinauf. Wenn sie auch nur das geringste Geräusch machte, würde er sich umdrehen.

»Ja, Frank hier. Wie gehts denn so?«

Dumpf rumste die Tasche gegen eine Stufe. Ihr Mund öffnete sich von selbst. Wie versteinert blieb sie stehen, starrte nach unten. Frank sah zur Kellertür, drehte sich wieder zum Eingang.

»Wir sollten das persönlich besprechen. Hast du morgen Zeit?«

Schweißnaß erreichte sie den Treppenabsatz. War ja richtig aufregend, die Show.

»Okay. Wir sehen uns.«

Schritte entfernten sich, dann klappte die Tür zur Bar zu.

Sie wartete kein Motorgeräusch mehr ab. Mit einem Satz war sie auf der Treppe. Zwei Stufen auf einmal sprang sie hinunter. Es war bei weitem nicht so laut, wie sie gedacht hatte. Vorn raus? Egal. Das war am nächsten.

Ihr Handgelenk schmerzte, als sie auf die Klinke drückte. Zu. Nach hinten. Durch die Küche. Und die würde wohl kaum abgeschlossen sein. Schnell huschte sie über die Steinfliesen. Dankbar, daß sie flache Schuhe angezogen hatte. Die Küche war leer. Ihr gegenüber schimmerte das Abendlicht durch die Scheibe der Hintertür. Zur Not konnte sie das Ding einschlagen und dann raus auf...

Ein Stoß warf sie gegen die Wand. »Na? Wolltest du mich verlassen? Ohne dich zu verabschieden?« Marcel zerrte sie hoch.

»Marcel, nicht...«

»Ich werd dir Manieren beibringen. Du Miststück!«

Finger gruben sich in ihren Arm. Ihre Schulter prallte gegen den Türrahmen. Er riß sie mit sich, stieß sie vor sich her durch die Halle, bis in sein Büro, wo er sie quer durch den Raum auf die Couch schleuderte.

Und stand direkt vor ihr, über ihr. Groß, drohend.

»Ich könnte dich totschlagen. Weißt du das? Niemand würde es merken. Niemand.«

»Marcel, ich wollte doch nur...«

»Schnauze!«

Ihre Schulter brannte höllisch.

»Aber ich tu es nicht. Noch nicht. So einfach kommst du mir nicht davon. Du kleine Nutte.«

Es klopfte laut.

»Was ist?«

Frank erschien halb in der Türöffnung. Bei ihrem Anblick runzelte er die Stirn. »Besuch, Chef.«

»Hab keine Zeit.«

»Erika«, sagte Frank.

»Wie?« Marcel guckte ungläubig. »Sekunde.« Er zog sie hoch und trieb sie vor sich her ins Nebenzimmer. »Wenn ich nur einen Ton höre, ist es aus mit dir.« Damit drückte er die Tür hinter ihr zu.

»Mann.« Schwer atmend lehnte sie sich gegen das Holz. »Spielt sich auf wie King-Lui.«

Als wenn der dich hier festhalten könnte. Gerade der. Da müssen ganz andere Typen auftauchen.

Sie sah sich um. Hier gings allerdings nicht nach draußen. Im Erdgeschoß waren alle Fenster vergittert. »Na, dann halt woanders.«

Von nebenan drangen Stimmen herein. Erika? Moment! War das nicht son Code, mit dem sich die Junkies vor der Polizei warnten?

»Was soll denn das?« hörte sie Marcel toben. »Hab ich dir nicht verboten, hierher zu kommen?«

»Iss doch en Notfall, Chef.«

Die Stimme kannte sie. Dieser ekelhafte Primitive vom Schrottplatz war das. Willming. Neugierig drückte sie ihr Ohr gegen die Tür.

»Wieso sind die Bullen im Anmarsch?«

»Na ja, die Bullen nich grad, Chef.«

Dieser Blödmann. Wenn Marcel den mal nicht fertig machte.

»Da hat mich son Typ angerufen. Und er würd nach die Bullen gehen und auspacken, sacht er.«

»Wer und warum?«

»Weiß ich doch nich, Chef. Hat gesacht, er wüßt genau Bescheid, wat mit die Karre iss. Die mich die Kleine verkauft hat. Und ich soll um neun anne Porschekanzel sein.«

»Und deshalb kommst du her?«

»Ja, weil ... er hat noch gesacht, ich soll keine Faxen machen. Denn er tät mein Telefon abhören.«

»Du Rindvieh!« brüllte Marcel los. »Das ist doch ein ganz billiger Trick. Und du fällst natürlich darauf rein. Frank!«

Die Tür ging. »Chef?«

»Sofort raus! Und sieh dir jeden Wagen an, den du nicht kennst. Und jeden Kerl, der dir komisch kommt.«

»In Ordnung.«

»Ist dir jemand gefolgt?«

»Ach watt. Dat tät ich doch merken, sowat.«

Eine Weile blieb alles ruhig, dann fing Willming wieder an.

«Hätten Se mir ja wat von sagen können, dat mit die Karre wat nich stimmt, Chef.«

»Schnauze!«

Kurz darauf trat jemand ohne Anklopfen ein. »Niemand zu sehen, Chef. Dem ist garantiert keiner nachgefahren.«

»Das will ich für dich hoffen, Willming. Paß auf: Du fährst jetzt zur Porschekanzel und wartest ab, was passiert. Und ruf mich auf jeden Fall an, verstehst du?«

»Klar. Bin doch nich doof.«

»Und jetzt raus.«

Draußen rumste die Tür ins Schloß. Ein paar Sekunden blieb alles still. Dann hörte sie seine Schritte näher kommen.

Verdammt! Sie hatte doch Angst.

****

»Diese Dödels.« Benno kam vom Telefon zurück und drückte sich in die Bank. »Fallen aber auch auf alles rein.« Und zu Chris gewandt: »Mein Kompliment, Kollegin. Das war erste Sahne.«

»Ach.« Chris machte eine wegwerfende Handbewegung. »Dazu habt ihr mich ja schließlich.«

»Das macht mein Umgang«, wußte Schröder zu sagen und rückte ein bißchen zur Seite. Der Ausdruck in Fräulein Ullmanns Gesicht sprach von einem Faustschlag in seine Rippen. »Was sagen die gelben Seiten?« lenkte er schnell ab.

Der Dicke kratzte seine Pfeife aus und steckte sie in den Hosenbund. »Also, im Telefonbuch steht wörtlich: Club MALIBU, Inh. Taurus-Anlagenberatung GmbH.«

»Ha!« sagte Chris. Sie schien sich mit Bennos Lächeln regelrecht vollzusaugen. »Dann sind wir goldrichtig.«

»Du hast aber auch en Näschen, Ullmann«, lobte Wolli nun auch und machte Platz für den Nachtisch.

»Dreimal Venedig bei Nacht. Wer kriegt mit ohne Sahne?« Der Wirt trat mit drei kümmerlichen Schälchen an den Tisch. In jedem ein Eisbällchen, auf dem eine brennende Wunderkerze steckte.

»Ich«, sagte Wolli, zog die sprühende Lunte aus seinem Eis und versenkte sie zischend in der Schnittblumenvase.

»Gefällt es Ihnen nicht?«

»Aber über alle Maßen. Sagen Sie mal, dieses MALIBU da drüben. Was ist denn das fürn Schuppen?«

»Ein Pu ...« Mit schnellem Blick auf Christiane unterbrach sich der Wirt. »Son Club.«

»Kennen Sie den Besitzer von dem Puff?« fragte Chris. »Wo Sie doch quasi Nachbarn sind.«

»Ja sicher. Den Arsch kennt doch jeder hier.« Er schob Benno die knisternde Schale vor den Bart. »Dieter Bieräugl. Nennt sich aber Marcel.«

»Tät ich auch«, sagte Schröder. »Bei dem Namen.«

»Warum wollen Sie das denn wissen? Sind Sie von der Polizei?«

Benno steckte seine Wunderkerze in die Blumenbank, wo sie den Gummibaum ansengte. »Privatdetektive.«

In Anbetracht seiner Tränensäcke riß der Wirt die Augen erstaunlich weit auf. »So welche wie der Mauss?«

»Welche Maus?« Wolli probierte sein Eis. Es schmeckte nach Erdbeeren mit Schießpulver.

»Na, der mit dem Celler Loch.«

»Sie bringen da was durcheinander«, sagte Wolli. »Mauseloch muß es heißen.«

»Ist schon in Ordnung.« Benno winkte ab. »Wir sind durch und durch seriös. Sieht man doch.«

Der Wirt verließ den Tisch nicht ohne eine gewisse Ratlosigkeit im Gesicht. Schröder hoffte, daß er nicht gleich das Überfallkommando anrief.

»Also, jetzt versteh ich überhaupt nichts mehr«, sagte Chris. »Ein Zuhälter, der in Drogen macht, okay. Aber was will der mit einem Schrottplatz?«

»Na ja«, brummte Benno. Er aß vorsichtig um die Funkenspuren herum. »Das machen jetzt viele Luden. Entweder aus steuerlichen Gründen oder wegen schräger Autogeschäfte. Da gibts noch was zu verdienen.«

»Du meinst, wenn mir heute auf der Steeler Straße der Jaguar geklaut wird...«

»Jaguar. Hahaha«, machte Wolli und hob sein leeres Glas gen Theke.

»... geklaut wird, fährt der nächste Woche durch Algier.«

»Richtig, Chris. Seit Anlaufen der AIDS-Kampagne...«

»... da kann man ruhig mal aus dem falschen Glas trinken«, sagte Schröder und nahm einen Schluck aus Bennos Bierglas.

»Also, seitdem kommen den Jungs Wörter wie Diversifikation und Risiko-Beschränkung recht flüssig von den Lippen.«

»Den Schweinen ist doch alles recht.« Schröder äugte nach dem Wirt. »Hauptsache, es bringt Kohle.«

Chris überlegte. »Dann hat Harald das Piperonyldingendskirchen an Bieräugl verkauft. Mit Sonja als Mittelsmann. Oder?«

»Oder auch nicht«, sagte Wolli und machte erneut Zeichen zur Theke hin. Er hatte noch nicht die richtige Startgeschwindigkeit für ein Geplänkel mit Zuhältern und deren bodyguards.

»Ein Bordell«, sinnierte Chris weiter. »Benno, kriecht dabei nicht eine logische Gedankenkette aus deinen Hirnwindungen?«

»Klar«, nickte der Dicke. »Sie beginnt mit einem Chevrolet.«

»Nachts auf dem Hügel, über Lesniaks Haus ...«

»... derselbe, mit dem Sonja vom Schrottplatz fuhr.«

»Sonja.«

»Eine grell geschminkte ...«

»... leicht vulgär aussehende ...«

»Halbweltdame?«

»Dame? Nun denn. Sonja auf einem Foto mit vielen Leuten.«

»In einer Kneipe aufgenommen oder ...«

»... einem Bordell?«

»Im MALIBU?«

»Ich sag euch: Haben wir Sonja, haben wir Harald.«

Benno tippte auf seine Uhr. »Wolli. Die Pflicht ruft.«

Das Pils kam, als sie an der Tür waren. »Bringen Sie es der Dame«, sagte Wolli und sah dem Glas traurig nach.

»Kriegst ja gleich ein neues«, tröstete der Dicke.

»Aber nicht für ne Mark zwanzig.«

»Und schön aufpassen«, rief Chris ihnen nach.

****

In der anbrechenden Dunkelheit sah das MALIBU besser aus als vorhin. Hinter den zugezogenen Vorhängen beider Etagen schimmerte Licht. Der Parkplatz war gut gefüllt. Abseits vom Pulk der Wagen stand ein flatschneuer BMW 735i unter den Bäumen. Schneeweiß, breite Schluffen drauf, tiefer gelegt, Spoiler hinten und Spoiler vorn.

»Bestimmt dem Bieräugl seiner.«

»Das sind noch Zuwachs-Branchen«, meinte Wolli und drückte auf die Klingel.

Ein dreieckiges Fensterchen wurde aufgeklappt. »Ja?«

»Wenns keine Mühe macht, würden wir gern reinkommen«, sagte Schröder genervt. »Oder verkaufen Sie nur am Schalter?«

»Sind Sie Mitglieder?«

»Gründungsmitglieder sogar. Mein Freund hier hat damals die Präambel geschrieben. Stimmts?«

»Aber nächtelang.«

Das Fensterchen klappte zu. Stille trat ein. Die Tür ging auf. Vor ihnen stand ein Typ, wie sie sich tagsüber in Hausfluren rumdrücken. Um ahnungslosen Hausfrauen langfristige Staubsauger-Abos anzudrehen.

»Na, mein Freund? Wo gehts denn hier zum Wasserloch?« Benno patschte ihm freundlich auf den Rücken, daß der Typ nach vorn kippte.

»Bitte, hier ...« Und zeigte auf eine Klapptür.

Die Bar war so schummrig, wie es sich für eine Bar gehört. Von irgendwoher wabberte schwülstige Musik herbei. Im Halbdunkel der Nischen machte Wolfgang eindeutige Bewegungen aus.

Sie hängten sich an die Theke, hinter der ein Albino einen auf Tom Cruise machte.

»Zwei Pils«, sagte Wolli mit Blick auf die noblen Flaschen, die mit Aldi-Brühe aufgefüllt waren.

Ein typischer Kleinpuff, plüschig und voll auf Nepp gemacht. Die sexuellen Gepflogenheiten der Gäste schienen breit gefächert zu sein. Worauf das Dienstleistungs-Angebot eindeutig Rücksicht nahm.

»Für jeden etwas«, sagte Benno und sah interessiert zu, wie sich ein Vamp mit bläulichem Schatten unter der Nase auf ihn zuschob.

»Hi«, gurrte der Transvestit und grub ihm ein paar kirschrote Bakelit-Nägel in die Schulter. »Wollen wir was trinken?«

Benno sah auf die Finger. »Du nimmst jetzt ganz schnell die Grabscher da weg. Oder es gibt heiße Ohren.«

»Arschloch«, sagte der Vamp und schlich sich mit wiegenden Hüften zurück ins Halbdunkel.

»Ein sex-appeal wie ein Speckpfannkuchen.«

»Dicker, du hast Vorurteile gegen sexuelle Minderheiten.«

Ihr Pils kam in lächerlich kleinen Flaschen. Ohne Anzeichen von Scham schrieb ihnen der schneefarbene Keeper je eine zweistellige Zahl auf den Deckel.

»Schon mal gesehen?« Wolli schob ihm Haralds Foto unter die runden Roten.

Von hinten kam eine Hand, die das Bild nahm, dazu eine Stimme: »Nein. Bedaure.« Die Erscheinung trug eine Rolex am Handgelenk und einen weißen Anzug. Der Südländer an ihm war so falsch wie der Glenfiddich im Flaschenregal.

»Sie müssen Marcel sein«, sagte Wolli und stipste ihm mit dem Zeigefinger auf den Schlips. »Hi«.

Bieräugl zuckte kurz. »In fünf Minuten sind Sie draußen.«

»Wetten nicht?«

Der Zuhälter schnipste mit den Fingern. Neben Schröder tauchte ein Gorilla mit reichlich Kinnlade auf. »Frank, sei so gut. Die Herren möchten gehen.«

Frank machte einen Schritt nach vorn. Dabei warf er einen Schatten wie eine Schrankwand.

»Noch zwei Pils«, sagte Wolli.

Der Barkeeper schluckte und guckte unruhig. Leider war nicht zu erkennen, ob er bleich wurde.

»Los, raus«, sagte Bieräugl.

Benno schüttelte betrübt den Kopf. »Ich bin nun wirklich ein konzilianter Mensch, Bieräugl, aber gleich verlier ich die Paßform. Müssen wir denn erst mit den Bullen hier aufkreuzen?«

Das schien Marcel eine Überlegung wert. »Worum gehts denn?«

»Ich möchte gern ein Wort mit Sonja reden.«

»Hier gibts keine Sonja.«

»Tss, tss. Und ich hätte sie so gern gefragt, wie sie an Haralds Wagen gekommen ist. Den die Bullen auf deinem Schrottplatz in Freisenbruch gefunden haben.«

Ein Sekündchen machte sich Marcels Mienenspiel selbständig. »Um solche Kleinigkeiten kümmere ich mich nicht. Dann wart ihr das wohl, die den armen Willming so erschreckt habt.«

Benno ging nicht darauf ein. »Wie stehts mit Harald Lesniak? Noch nie gehört den Namen, was?«

»Tatsächlich nicht.« Marcel gab zwei Reihen weißschimmernder Jacket-Kronen zum Angucken frei. »Den hätte ich mir doch gemerkt. Ach, wie war doch gleich der Ihre?«

»Zellermaus«, sagte Benno. »Hans-Heinz Zellermaus. Und das ist mein Kollege Doktor Schluppsick.«

»Schlicksupp«, verbesserte Wolli mit einem Blick über Frankies breite Schulter. Durch eine Tür, die wahrscheinlich zu den Separees führte, war ein seltsames Pärchen hereingekommen. Der Typ war nicht größer als eine Parkuhr und zerrte an seiner Begleiterin herum. Doch die Lady stand stocksteif im Gang und starrte herüber. Nicht zu ihm, sondern... Wolli drehte den Kopf. Sie starrte Benno an.

»Sie entschuldigen, mein Freund«, sagte er und rutschte vom Hocker. »Ich muß grad mal...«

Der bodyguard trat ihm in den Weg.

»... eine alte Bekannte begrüßen.«

Frank folgte seinem Blick. »Du siehst doch, die Dame ist nicht frei.« Und schob ihn vor die Theke.

Schröder atmete tief durch. »Frankie«, sagte er ernst, »Du stehst kurz vor einer schweren Operation. Weißt du das?«

Der Gorilla bog knackend seine Fingergelenke um. Schröder drängte sich das Wort Leberhaken auf.

»Na?« Benno sah prüfend rüber. »Was macht der Onkel?«

»Ich weiß nicht, wie du denkst«, sagte Schröder. »Aber langsam find ich das albern.«

»Was halten Sie davon, wenn wir uns in meinem Büro weiter unterhalten?« wollte Bieräugl wissen. »Da sind wir auch völlig ungestört.«

Frank ließ seine Hände aufspringen. Sah gut aus. Mit einem Satz war Schröder an ihm vorbei und dicht hinter Bieräugl.

»Das ist ne Magnum«, sagte er und stieß ihm durch die Jackentasche den Lauf ins Kreuz. »Und wenn du deinen Freund nicht an die Leine nimmst, schieß ich dir en Netzhemd.«

Marcel atmete zweimal mit offenem Mund. »Frank«. Er gab dem Muskelhaufen ein Zeichen, sich zu entspannen. »Und nun wollen Sie bitte mein Haus verlassen. Sonst muß ich meinerseits die Hilfe der Polizei in Anspruch nehmen.« Er lächelte in die Runde. »Sie waren übrigens meine Gäste.«

Benno faltete zwei Scheine auf den Tresen. »So tief unten bin ich noch nicht.«

»Was denn«, protestierte Schröder. »Wir gehen? Ich dachte...«

»Komm«, sagte Benno.

An der Tür warf Schröder einen Blick zurück. Das Mädchen sandte Benno einen schmachtenden Blick nach.

»Ich steh zehn Meter vor der Perle, und du gehst einfach. Dikker, ich versteh dich nicht.«

»Schröder«, beschwichtigte Benno. »Da drinnen bewegst du dich auf einem ganz dünnen Eis. Das sind Profis.«

»Meine 357er ist auch einer.«

»Wolfgang. Was hättest du denn machen können? Dir den Weg freischießen?«

»Ja aber, so nah davor...«

»Das bringt doch nur Schwierigkeiten mit der Krankenkasse.«

»So? Meinst du?«

»Ja. Wer sagt überhaupt, daß es Sonja war?«

»Ich sag das. Anfang dreißig, rote Mähne bis zur Schulter, grell geschm...«

»Wolli«, sagte Benno. »Jede dritte Hure läuft so rum.«

»Und warum hat sie dich die ganze Zeit angestarrt?«

»Ich hab eben was an mir, was die Frauen...«

Schröder taxierte ihn gehässig. Von Kopf bis Fuß und wieder hoch. »Kiloweise.«

»Du bist ja nur sauer, weil die uns rausgeworfen haben.«

Sie standen noch so rum, unschlüssig, was sie machen sollten, da ging die Tür auf. Ein Gast kam auf den Parkplatz, im Gehen nach den Autoschlüsseln suchend.

»Du«, sagte Wolli leise und stieß Benno an. »Der Typ, der mit Sonja aus dem Séparée kam.«

Inzwischen war der Mann bis auf ein paar Schritte herangekommen, sah sie und blieb unschlüssig stehen.

»Entschuldigen Sie.« Schröder trat in den Lichtkegel einer Laterne. »Wir hätten da ein paar Fragen.«

»Sie waren doch gerade in der Bar«, kam es zaghaft. »Sind Sie von der Polizei?«

»Ja, das kommt der Sache ziemlich nah.« Benno sah nachdenklich auf ihn runter. Der Herrgott hatte sein Wachstum bei einssechzig für gut befunden und abgebrochen. »Die Dame, mit der Sie gerade so nett zusammen waren – wissen Sie zufällig ihren Namen?«

»Herrje!«

»Keine Angst«, beruhigte Wolli ihn. »Bleibt alles unter uns.«

»Also, wenn das ... wenn ich da Schwierigkeiten ...«

»Nicht doch, nicht doch. War das Sonja?«

Der Kleine nickte überdreht. Kein Wunder, daß er zwischen den beiden Hochgewachsenen nicht locker wurde.

Benno trat sofort einen Schritt zurück. »Uns interessiert das Mädchen über alles.«

»Und alles über das Mädchen«, bestätigte Wolli.

»Das ... also.« Der Bonsai lachte hektisch. Bestimmt wurde er jetzt in der Dunkelheit rot. »Wie soll ich sagen ...?«

»Na, einfach so wie es kommt.«

»Tja ... Ich weiß nur, daß ... daß sie sich Sonja nennt. Ist neu, das heißt ... Verkehrt hat sie hier schon immer, aber ...«

»Aber nicht in dieser Funktion«, half Schröder.

»Richtig. Nicht in dieser Funk ... Ja.«

»Und sonst? Mal ein bißchen privat geplaudert?«

»Geplaudert? Haben Sie eine ungefähre Vorstellung, wie teuer so ein Abend ... Ich meine ...«

»Zeig ihm das Bild«, sagte Benno.

Wolli zeigte ihm das Bild.

Der Kleine hielt es schräg ins Licht. »Den kenne ich nur flüchtig. Vom Sehen.«

»Aus dem MALIBU?«

Er wischte sich mit dem Handrücken unter der Nase her. »Der ist aber schon ne Weile nicht mehr da gewesen.«

»Kann ich mir denken. Hm ... Der war wohl häufiger in Sonjas Begleitung, was?«

»Der? Mit Sonja? Nein. Nicht, daß ich wüßte.«

»Wirklich nicht?« fragte Schröder sichtlich enttäuscht.

»Nie. Da könnte ich drauf schwören«, sagte der Kleine und hatte schon die Hand oben.

»Das ist ja en Ding«, sagte Benno.

****

Es rumste gegen die Toilettentür. »He, bleibst du noch lange da drin?»

»Mir ist schlecht.«

»Kotz ja nicht alles voll.«

Leck mich doch am Arsch.

Sie blieb auf dem Deckel sitzen, die Hände gegen den Schädel gedrückt. So schlimm hatte sie es sich nicht vorgestellt. So schlimm und so . . . erniedrigend.

Alles für Geld. Für Geld kriegst du alles, was du willst. Auch Menschen. Gerade Menschen.

Du mußt hier raus. Irgendwie mußt du hier raus.

Der Dicke. Was wollte der hier? Zufall? Der sah nicht so aus, als wenn er sich hier eine Nutte aufreißen wollte. Und er war ja auch nicht allein gewesen. Ob die Alte . . . ? Nee. Oder?

Und wenn du ihn anrufst? Das ist doch kein Zufall, daß er hier auftaucht. Vielleicht kann der dich hier rausholen. Moment. Und das mit Harald? Ach, scheiß was drauf. Du mußt hier weg. Das mit Harald . . . ist doch uninteressant. Dann kommt das eben raus. Na und? Besser, als für Marcel auf den Strich gehen.

»Biste eingeschlafen da drin?«

»Ja doch.«

Sie drückte die Spülung, obwohl sie gar nicht . . . Beim Aufstehen wurde ihr schwindlig. Ein paar Sekunden lehnte sie sich noch gegen die Trennwand, dann schloß sie auf.

»Glaubst du, du bist allein?« Eins von den Mädchen schubste sie zur Seite, knallte die Kabinentür hinter sich zu.

»Arschloch, dämliches.«

Gott sei Dank war der Waschraum leer. Sie stützte sich auf den Beckenrand, sah sich im Spiegel.

»Oh, Mann! Was haben sie mit dir gemacht.«

Ihr Gesicht war aufgequollen von all den Schlägen, die sie eingesteckt hatte. Mit aller Kraft zwang sie sich, nicht zu heulen. Und daß ihr nicht wieder schlecht wurde.

Was gibt denen das Recht, dich zu schlagen? Dich hier festzuhalten, über dich zu bestimmen? Halten die sich für Götter oder was?

Ach komm. Das bringt doch nichts.

Sie machte ein Taschentuch naß, rieb sich das verwischte Mascara unter den Augen weg.

Alles deine Schuld. Wochenlang hast du alles bis ins Detail geplant, an alles gedacht. Nur nicht daran, daß Marcel dich bescheißen würde. Das hast du nicht für möglich gehalten.

Blöde Gans!

Du und dein perfekter Plan. So perfekt, daß es nicht eine einzige Spur gibt, die hierher führt. Und genau das wird dir jetzt zum Verhängnis.

Du mußt weg.

Die schlagen dich noch wirklich tot. Können sie ja, ohne Gefahr. Jetzt, wo sie dich nicht mehr brauchen. Außer zum Anschaffen. Und nicht mal dafür bist du geeignet. Denk doch an diesen kleinen, perversen Kerl ... Bah pfui! Gut, daß du dieses Zeug im Leib hast. Ohne den Stoff hättest du das mit dem Schwein nie überstanden.

Und ohne den Stoff kam sie hier nicht raus. Sobald die Wirkung nachließ, war sie nur ein Häufchen Elend. Noch kraftloser, noch erbärmlicher als jetzt. Wie lange das Zeug wohl wirkte? Wie lange hatte sie das jetzt drin?

Seit gestern abend. Das waren ... ungefähr ... Gott, das waren an die zwanzig Stunden!

Was ist das nur für ein Stoff? Egal. Jetzt hast du das Zeug noch in dir. Und so lange hast du eine Chance.

Okay. Nur, wie sollte das gehen?

Die waren jetzt doppelt wachsam. Der einzige freie Weg führte durch die Bar. Ja, toll. Einfach durch die Bar, am Tresen vorbei, über den Flur und raus auf die Straße. Keine zehn Meter weit kam sie.

Aber es mußte doch einen Weg geben. Es gibt immer einen. Wenn wenigstens jemand ... Blieb nur der Dicke.

Du mußt ihn anrufen. Ihm erklären ... Egal, was alles dabei rauskommt. Der muß dir helfen. Muß er einfach.

Sie sah noch mal ihr Spiegelbild an.

Wenn es nicht klappt, machen sie dich fertig.

Also. In der Halle gibts ein Telefon. Gleich neben Marcels Büro. Aber du hast keine Wahl. Und schlimmer kann es gar nicht mehr kommen. Versuch es wenigstens.

Sie war noch nicht in der Halle, als Marcels Tür aufflog.

»Komm mal her.«

Zögernd ging sie auf ihn zu. Wieder wurde ihr schwindlig.

»Na, wirds bald!«

Und dann fing alles von vorn an.

»Was sind das für Typen?«

»Welche Typen?«

Sein Handrücken traf sie wie ein glühendes Eisen. Ihr Kopf flog zurück. »Wirklich nicht.«

»Lüg mich nicht an!«

»Ich habe die noch nie in meinem Leben gesehen.«

»Ach? Dann kommen die rein zufällig hier vorbei. Fragen rein zufällig nach dem Wagen und ...« Wieder holte er aus.

»Bitte nicht!«

»Wie konnte das passieren? Ich dachte, du hättest alles so schlau eingefädelt.«

Das Telefon klingelte. Marcel sah hin, dann zur Seite. »Nimm sie mit, Frank. Wir kümmern uns später um sie.«

****

Urgemütlich, dachte Chris, als der Wirt anfing, die Stühle auf die Tische zu stellen. Wo nur die Jungs blieben? Ob sie sich Sorgen machen mußte? Sie beschloß, es bleiben zu lassen. Wenn Schröder allein unterwegs war ... na gut. Aber nicht, wenn er Benno dabei hatte.

»Casablanca, Casablanca.«

Das Wort ging ihr nicht mehr aus dem Kopf. Vielleicht, weil es das einzige unklare Puzzleteilchen war. Das einzige? Schröder würde brüllen vor Lachen, wenn sie mit ihrer Theorie rüberkam. Dabei war es die einzige Erklärung. Harald hatte eine Freundin, von der niemand etwas wußte – Harald verschwand, ohne seine persönlichen Sachen mitzunehmen – Seine Freundin verkaufte sein Auto weit unter Preis. Es gab noch mehr solche Fakten. Und sie paßten alle zusammen. Nur Casablanca ... Damit konnte sie immer noch nichts anfangen.

Sie stand auf.

»Kann ich mal telefonieren?«

Der Wirt sah sie an, als habe sie ihn um seine Brieftasche gebeten. »Da hinten. Wir schließen aber gleich.«

»Da hinten« war ein Telefon im Gang zur Kegelbahn. Das Fragment eines Telefonbuches war mit einer Kordel an die Wand gepinnt. Chris suchte die Nummer vom ECHOLOT aus dem lappigen Papier heraus.

»Ist Herr Mausthaler noch da?«

»Ich bin ständig da«, sagte Fiffi. »Wer will das wissen?«

»Christiane Ullmann, erinnerst du ...«

»Klar. Die Maus vom Schröder.«

Sie war kurz davor, aufzulegen. »Du bist doch ein ganz ausgeschlafener Typ«, behauptete sie statt dessen.

Man konnte durch die Leitung spüren, wie Mausthaler sich straffte. »Kann ich was für dich tun? Fühlst du dich einsam? Wo bist du? Ich könnte in zehn Minuten da sein.«

»Nur ne Frage. Was fällt dir zu Casablanca ein?«

»Humphrey Bogart.«

»Danke, das hätte Schröder mir auch sagen können.«

Ohne Zweifel wurde überlegt. »Tja, das Kaff heißt eigentlich Dar el-Beida, ist die größte Stadt Marokkos, liegt am Atlantik, besteht aus ner Mohammedanerstadt, einer Europäerstadt und ...«

»Du hast wohl den Brockhaus auf den Knien.«

»Nee. War voriges Jahr im Urlaub da. Was willst du denn konkret wissen?«

Chris stopfte Kleingeld nach und erzählte ihm alles über den Fall, was ihr für außenstehende Ohren geeignet erschien.

»Hm...« machte Fiffi nach dem dritten Markstück. »Das sieht ja ganz so aus, als wenn ich was hätte.«

»Soll ich dich jetzt anbeten? Oder sagst du es mir so?«

»Da gibt oder gab es einen Burou, Dr. med. von Beruf.«

»Falls du mir einen Zahnarzt in Marokko empfehlen willst...«

»Hör doch mal zu, Mädchen.«

Sie zog eine Grimasse. »Ich hänge an deinen Lippen.«

Während Fiffi Mausthaler erzählte und erzählte, kamen die Jungs zurück.

»Wie? Schließen?« hörte sie Wolli mit einem Ohr. »Ist doch noch keine eins, Meister.«

»Ich will hier kein Theater«, meinte der Wirt.

»Na eben«, sagte Schröder. »Drei Pils an Tisch fünf.«

Mausthaler entließ sie mit dem Versprechen, mit ihm essen zu gehen. Sie sagte ja. Eine passende Krankheit konnte sie sich zu gegebener Zeit immer noch einfallen lassen.

»Wir haben sie gesehen«, strahlte Wolli.

»Sonja«, ergänzte Benno Korn und steckte seine Pfeife an. »Von Harald allerdings keine Spur.«

»Jaja«, sagte Chris.

Der Wirt brachte drei eilig gezapfte Biere. »In zehn Minuten mach ich dicht. Zahlen Sie zusammen oder einzeln?«

Benno zahlte. Schröder redete. Der Wirt stellte Stühle hoch. Und Chris nickte versonnen.

»Benno meint, er hätte sie nie in seinem Leben gesehen. Stellt sich die Frage, warum sie ihn so angestarrt hat.«

»Weil sie ihn kennt«, sagte Chris.

»Logisch«, meinte Benno und wischte sich den Schaum aus dem Bart. »Aber woher, wieso?«

Chris blickte hoch. »Ganz einfach. Sonja kennt dich, weil sie deine Nachbarin ist.«

Schröders Bierglas blieb in der Luft hängen.

****

Die ersten Minuten hatte sie nur geschrien. Geschrien und getobt und um sich geschlagen. Bis ihre Fingerknöchel zerschunden waren. Da hatte sie es aufgegeben. Kurz darauf fing das Zittern an. Von selbst, unkontrollierbar. Erst an den Händen, dann die Arme, die Beine. Zum Schluß zitterte sie am ganzen Körper. Erst dachte sie, es wären die Nerven, sie würde durchdrehen. Oder weil es kalt war hier unten. Aber das waren nicht die Nerven. Das war das Ice. The cold turkey is coming. Und holt dich.

Kurz darauf hörte das Zittern auf.

Aber es kommt wieder. Wenn du dich auf dieser Scheißwelt auf nichts verlassen kannst, darauf kannst du schwören. Das Zittern kommt wieder, und mit ihm der absolute crash. So gehen die Stories, die man sich erzählt. Das Zeug ist nicht umsonst so phantastisch. Das hat seinen Preis.

Nicht mal sehen konnte sie was. Ein Fenster gab es hier unten nicht. Nur unter der Tür schimmerte ein schmaler Streifen Licht herein. So breit wie eine Messerklinge.

Wenn sie jetzt eins gehabt hätte, ein Messer... dann brauchte sie nicht mehr im Dunkeln zu hocken und warten. Darauf, daß man sie holte. Um eine noch scheußlichere Scheußlichkeit mit ihr zu machen. Denn beim Schlagen würden sie es nicht mehr belassen.

Unsinn, alles Unsinn. Schlagen, vergewaltigen... warum sollten die das tun? Die brauchen nur abzuwarten. Bis der crash kommt. Darum haben sie es dir doch gegeben. Sicher wirst du schreien und betteln. Aber nach Ice. Daß sie dir was geben. Daß sie dich nicht verrecken lassen in diesem Horror. Damit du artig bist, willig, willenlos. Zum Anschaffen. Nein, nicht nur. Anlügen wirst du den Dicken. Anlügen, alle, die dir helfen wollen. Weil sie dir kein Ice geben können. Weil nur Marcel es dir geben kann. Und darum wirst du ihn lieben, ein Gott wird er für dich werden. Alles, wofür du lebst, wird Marcel sein. Marcel und seine kleinen Kristalle.

Ihre Hand zitterte. Mit der anderen packte sie sie, drückte fest zu, drückte sie gegen ihren Leib. Wie ein Vogel flatterte die Hand, dann war sie ruhig.

Schritte! Sie hörte auf zu atmen, horchte. Nein. Da war nichts. Zu früh, um sie zu holen. Die merkten schon, wenn sie soweit war. Die würden es schon hören, wie sie kreischte, wie ...

Verdammt! Reiß dich zusammen!

Schlag dir den Kopf ein. Ramm ihn gegen die Wand. Beiß dir die Pulsadern auf. Aber mach dich nicht selbst fertig. Nicht jetzt schon.

Sie legte ihre heißen Handflächen gegen die Stahltür. Drückte ihre Stirn gegen das Eisen. Wurde ruhiger. Die Panik wich ein klein wenig und machte den Tränen Platz. Besser heulen als durchdrehen.

Was haben sie mit dir gemacht, meine Kleine? Was ist aus dir geworden? Wo ist die hübsche junge Frau geblieben? Wo deine Träume, deine Pläne? Wie lang das alles her ist. Wie unendlich fern das bißchen Glück. Und ... Casablanca.

Casablanca ist weit. So weit weg.

Irgendwann waren auch die Tränen alle. Und nur das Licht unter der Tür blieb. Von draußen, vom Gang, schob es sich herein. Von draußen.

Verdammt! Du wirst nicht warten, bis sie dich holen. Bis alles zu spät ist. Es gibt immer einen Weg. Immer und immer und immer. Konzentriere dich. Noch kannst du denken. Solang der crash nicht kommt, kannst du dir helfen. Denk nach!

Die Tür. Das Licht. Das Licht unter der Tür. Was war damit? Als sie sich danach bückte, sah sie das Schlüsselloch. Ein feiner Lichtstrahl stach hindurch. Der Schlüssel steckte. Das war es. Genau das war es.

Sie tastete nach dem Spalt unter der Tür, konnte ihren kleinen Finger hineinschieben.

»Oh, Gott! Lieber Gott...«

Ohne auf die Kälte zu achten, zog sie ihre Bluse aus. Der Stoff war fest, ihre Hände schafften es nicht, zitterten wieder. Mit den Zähnen riß sie das halbe Rückenteil heraus.

Wie lange ist das her? Zwanzig Jahre? Fünfundzwanzig? Ein Kind warst du. Jeden Sonntag nach dem Mittagessen hast du vor dem Radio gehockt. Kinderstunde. Es war... klar, Astrid Lindgren, Kalle Blomquist. Der Trick hat dich nicht losgelassen. An der Klotür hast du ihn immer und immer wieder ausprobiert.

Wie kommt man aus einem verschlossenen Zimmer?

Das Zittern wurde stärker. Wenn ihre Hände sie jetzt im Stich ließen... Auf dem rauhen Boden schob sich der Blusenstoff zusammen. Sie zog ihn zurück, strich ihn glatt, schob ihn noch mal unter der Tür durch. Es klappte. Und jetzt? Ein Draht. Wie sollte sie hier an einen Draht kommen. Der Keller war stockduster. Bis sie hier einen Draht fand... Ihr Ohrring. Mit steifen Fingern versuchte sie den Verschluß zu lösen. Es ging nicht. Sie ballte die Hände, hauchte sie an, wärmte sie zwischen den Beinen. Versuchte es wieder. Der Verschluß sprang auf. Ein dünner Silberdraht, keine drei Zentimeter lang. Es tat weh, als sie ihn zwischen den Fingern geradebog. Jetzt!

Sie holte tief Luft, schloß die Augen. Fühlte im gleichen Moment, wie sich ihre Haare aufrichteten. Erst im Nacken, dann auf dem ganzen Kopf, am ganzen Körper.

Beeil dich! Du hast nicht mehr viel Zeit. Die Wirkung läßt nach, läßt nach, läßt...

Es war so gut wie unmöglich. Sie konnte nichts sehen. Nur, daß der Schlüssel steckte. Mit der Spitze des Drahtes kratzte sie gegen den Schlüsselbart. Er bewegte sich. Ganz ruhig!

Noch mal. Sie legte eine Pause ein, die Hand zwischen ihre Beine geklemmt. Dann versuchte sie es wieder. Stach den Draht ins Schlüsselloch. Zitterte wieder, hörte auf, machte weiter. Und zitterte und preßte die Hand und stach und kratzte und ...

Mit einem hellen Geräusch fiel der Schlüssel aus der Tür. Sie mußte sich festhalten, als der Schwindel sie packte. Erst nach einer kleinen Ewigkeit traute sie sich. Wenn er zu weit gefallen war ... Ganz vorsichtig zog sie den Blusenstoff unter der Tür zu sich. Der Schlüssel paßte genau unter dem Türspalt durch.

Das Wasser schoß ihr nur so aus den Augen. Ganz fest umkrallte sie das kleine, kalte Ding mit der Hand.

Beim Aufstehen wankte sie, aber es ging. Der Schlüssel drehte sich fast lautlos im Schloß. Ein Druck auf die Klinke, die Tür schwang auf. Kaltes Neonlicht stach ihr in die Augen, machte sie sekundenlang blind.

Als sie sehen konnte, stand sie im Gang. Von oben dröhnte Musik aus der Bar. Sie torkelte mehr als sie ging zur Kellertreppe, zog sich am Geländer hoch. Die Tür zur Halle war nicht versperrt. Warum auch?

Durch die Glasscheibe in der Haustür fiel ein blasser Streifen Licht. Genau auf das Telefon. Aber hier ging es nicht. Hier konnte jeden Augenblick jemand aus der Bar kommen. Oder von oben, von den Zimmern. Oder Marcel aus seinem Büro.

Nach oben. Die Treppe schwankte vor ihren Augen. Sie griff das Geländer, setzte den ersten Fuß auf die Stufe. Den zweiten, fiel nach vorn. Nicht aufgeben! Auf allen vieren kroch sie hinauf.

Diese Treppe wird dich verfolgen. Dein Leben lang. In all deinen Albträumen wirst du diese Treppe hinaufkriechen. Schutzlos, auf Händen und Knien.

Es waren zwölf Stufen. Sie wußte es. Zwölf unüberwindlich hohe Stufen. Auf der Hälfte angekommen, schaute sie zurück. Unter ihr wölbte sich der Fußboden. Mit geschlossenen Augen kroch sie weiter, höher, hinauf. Zehn Stufen, elf... zwölf.

Die Tür zu Jürgens Wohnung war angelehnt. Wie ein Tier, ein angeschossenes Tier robbte sie sich in die Diele. Stieß mit der Hacke die Tür hinter sich zu. Sah das Telefon.

Vor der Garderobe brach sie zusammen.

Als sie zu sich kam, lag das Telefon neben ihr auf dem Boden. Das Freizeichen dröhnte ihr in die Ohren. Aber ihr Kopf war klarer als vorhin.

Die Nummer. Du weißt doch die Nummer nicht. Wo ist das Buch? Es hat doch immer hier gelegen. Ob... ob Marcel es weggenommen hat?

Sie legte den Hörer ans Ohr, mußte sich konzentrieren, eins nach dem anderen tun. »Null elf achtundachtzig.« Ihr Finger spielte verrückt, drückte auf die falschen Tasten. Von vorn. Null elf achtundachtzig. Es knackte in der Leitung, knackte endlos lange. Besetzt. Natürlich. Ein drittes Mal. Hatte ihr nicht mal jemand erzählt, man müsse es immer wieder versuchen? Irgendwas mit einer Warteschleife... Besetzt.

Gib nicht auf. Es ist ein Albtraum. Was erwartest du? Telefonnummern sind besetzt, Schlüssel passen nicht, Füße kleben am Boden.

Beim fünften Versuch ging der Ruf durch. Ging durch, der Anschluß war frei. Oh, mein Gott!

Niemand hob ab. Das gabs doch nicht. Es mußte...

»Auskunft, Platz drei.«

»Gu... Abend. Ich brauch eine Nummer.«

»Aus Essen?«

»Ja, aus...«

»Wie heißt der Teilnehmer?«

»Korn. Benno Korn.«

»Horn?«

»Korn. Korn. Korn. Korn. Ko...«

Die Tür knarrte beim Aufschwingen. Im Umdrehen, den Hörer am Hals, sah sie ihn.

»... Ludscheidtstraße? Hallo, hören Sie noch?«

»Leg auf«, sagte Frank.

****

»Pi-Quadrat x Kastenstuten. So einfach soll das sein? Ich weiß nicht.« Schröder drückte sich dichter an die Hauswand.

Ein feiner Regen war aufgekommen. Warmer Sommerregen. Aber naß war er trotzdem. Der Wirt hatte Wort gehalten und sie um eins rausgeschoben.

»Was meinst du, Dicker?«

Benno brummelte irgendwas und zog den Kopf zwischen die Schultern.

»Das klingt so ... so phantastisch«, sagte Wolli. »Ist doch möglich, wir reimen uns das nur so zusammen. Damit auch alles schön paßt.«

»Mann, Schröder. Und morgen früh? Wenn es morgen früh nicht mehr paßt? Ich mach mir doch nichts vor, damit ich jetzt in Ruhe schlafen gehen kann.«

»Das wär überhaupt ne Idee«, meinte Schröder.

»Was hast du mir immer erzählt? Die Nase im Wind, den Trench hochgeschlagen. Der einsame Wolf, mit hungrigem Blick. Und nix als Gerechtigkeit im Kopf. Und jetzt baust du ab, weil du nur an Heiabett-Schlafen denkst. Ich muß mich doch sehr wundern.«

»Der Tag war lang«, versuchte Schröder noch mal. »Na gut«, gab er auf und legte den Arm um sie.

Der Regen war schuld, daß sie ihm die Pose erlaubte.

»Ein Junge von achtundzwanzig, der noch nie eine Freundin hatte«, fing sie wieder an. »Und plötzlich doch eine haben soll. Gerade so eine. Ein Gespann wie Dieter Hallervorden und Tina Turner. Wer glaubt denn das?«

»Weiter«, sagte Benno, offensichtlich auf ihrer Schiene.

»Ein verklemmtes Jungchen, das bei Mama wohnt und zu Hauf Liebesromane liest. Der sein Zimmer mit Postern von Jagger, Bowie, Michael Jackson, Boy George, Lou Reed und all diesen Typen tapeziert. Die alle einen deutlichen Stich ins Weibliche haben.«

»Tjoouu«, machte Wolfgang Schröder, halb überzeugt.

»Jemand, der im MALIBU verkehrt. Einem Transvestiten-Schuppen. Aber nie in Gesellschaft von Sonja. Nie. Obwohl die sein Auto gefahren und verkauft hat, ist er nie mit ihr dort aufgetaucht.« Chris sah Benno an, sah Schröder an. »Na, konnte er ja auch nicht gut. Wenn er selbst Sonja ist.«

»Wolli«, sagte Benno. »Da ist was dran. Wenn er ein Geschäft mit Ecstasy oder sonstwas gemacht hat... Das paßt.«

»Casablanca, Afrika«, überlegte Wolli. »Bist du sicher, daß Fiffi Mausthaler dir keinen Bockmist aufgetischt hat?«

»Bin ich. In Casablanca gibt es eine Privatklinik, die gegen ein paar Dutzend Riesen Geschlechtsumwandlungen vornimmt. Ohne zu fragen, ruck-zuck.«

»Was hier in Deutschland nicht so einfach geht.«

»Richtig.«

Wolli verzog das Gesicht. »Ich kannte Casablanca nur vom...«

»Das wissen wir inzwischen. Also, Chef?«

»Okay«, knurrte Schröder. »Ich glaub es. Also ist Harald da drin. Damit wäre der Auftrag dann erledigt.«

»Wie?« Chris starrte ihn ungläubig an.

»Rechnung schreiben«, erklärte Wolli.

»Sag mal, Schröder, hab ich was mit den Ohren? Du willst den Jungen da drin lassen?«

»Ja, sollen wir da vielleicht rein? Hände an die Wand und raus mit der Puppe? Entführung aus dem Serail? Daß der Bieräugl sofort die Bullen holt? Damit die uns den Laden dichtmachen?«

Chris schnappte nach Luft.

»Wir sind in Altenessen, Frollen Ullmann. Nicht in Manhattan.«

»Harald wird da drin festgehalten, Schröder. Ist dir...«

Über ihnen wurde ein Fenster aufgestoßen. »Verdammt noch mal! Schreit gefälligst woanders rum, oder ich kipp euch en Eimer Wasser aufen Balch!«

»... das eigentlich klar?« fuhr Chris gedämpft fort. »Warum sagt Bieräugl denn, er kenne ihn nicht? Warum durftest du nicht mit Sonja reden? Da stinkt doch was. Und du...«

»Mensch, Chris. Wie soll das denn gehen?«

»Wolfgang Schröder. Das Mädchen steckt voll in der Scheiße! Und wir könnten ihr helfen.«

»Darf ich auch mal was sagen?« Benno trat zwischen sie und legte ihnen die Arme um die Schultern. »Wir holen jetzt das Mädel da raus. Und zwar sofort.«

»Dank dir, Benno.« Chris strahlte.

Schröder muffelte. Gemeinsam überquerten sie die Straße.

»Den Willigen führt das Geschick«, zitierte Benno mit einem Blick auf Wolli. »Den Störrischen schleift es mit. Seneca.«

»Das war auch so einer«, knurrte Schröder. »Hast du noch son Spruch? Oder ne Idee, wie wir da unauffällig reinkommen?«

»Klar«, sagte Benno und drehte sich zu Christiane. »Wieviel ist eigentlich dein Auto noch wert, Chris?«

****

Sie hatten sie auf den Boden geworfen. Und ihr die Arme auf den Rücken geschnürt. Zuerst hatte es weh getan. Als sich der Strick tief in ihre Handgelenke schnitt. Dann spürte sie es nicht mehr. Und wenn man sie jetzt totschlug ... eigentlich war das egal. Davor hatte sie keine Angst mehr. Davor nicht.

»Bitte ... ich ...«, ihre Lippen waren eingerissen und so trocken, »... brauch was.«

Marcel tauchte vor ihr auf. Es war bestimmt Marcel. Groß, undeutlich. Ein Schatten, der schwankte, flatterte ... wie ein dunkles Tuch.

»Natürlich bekommst du was. Wenn du redest.«

Ein Albtraum ... geht nie zu Ende.

»... weiß nichts.«

Sein Umriß wurde deutlicher, er kniete vor ihr. Ganz nah kam er heran. »Mit wem wolltest du telefonieren?«

»... Mutter«, sagte sie. Wunderte sich, wie einfach das Wort rauskam. Mutter.

»Ach, wirklich? Mit dem armen alten Mütterlein.« Sein Kopf drehte sich weg. »Ist es nicht rührend? Dabei erzählt er ständig, wie scheißegal ihm die Alte ist.«

»... gib mir was.«

Eine Hand packte ihren Kiefer, drehte ihr den Kopf hin und her. Es tat weh. Es war egal. »Du fühlst dich schlecht, was?«

Seine Augen kamen auf sie zu. Wie Bohrer, rotierende Fräser, tausend bohrende Augen ... Augen, die sich in ihr Gehirn frästen und ... »Laß mi ... Nein!« Ihr Kopf knallte gegen die Wand. Sie kriegte kaum Luft. Alles wurde dunkel und ...

Als sie wieder sehen konnte, war Marcel weg.

Er glaubt dir nicht. Kein Wort. Aber du darfst es nicht sagen. Er darf nicht wissen, daß du ... du Korn erkannt hast ... darf er nicht ...

Da war er wieder vor ihr. Riesig groß. So groß, daß sie sein Gesicht nicht erkennen konnte. Und dann ... wie in einer Zeitlupe sah sie die Schuhspitze näher kommen, größer, größer ... auf ihren Magen zu ... wollte ausweichen ... konnte sich nicht bewegen. Der Schmerz krümmte ihren Körper zusammen.

»Wer waren die beiden Kerls und was wollten sie?«

Du darfst nicht ... darfst nicht.

Ein zweites Mal trat er zu. Noch fester.

»... weiß es nicht.«

»Keine kaputten Sprüche. Zuerst dachte ich, deine Mutter

hätte sie engagiert. Aber ein altes Weib wendet sich an die Bullen, nicht an Schnüffler.«

Wenn du ... alles sagst, gibt er dir was. Nein! Er gibt dir nichts ... wird dich wieder hereinlegen ... Nichts sagen ...

»Woher willst du wissen, ob es Privatdetektive waren?« fragte jemand aus dem Hintergrund. Frank?

Marcel lachte. »Gute Frage. Ich finde, wir sollten langsam eine Antwort auf all diese Fragen bekommen. Zum Beispiel: Wie konnten die ihr Auto bei Willming finden? Gerade bei dem?«

»Keine Ahnung.«

»Und wenn ihr schwuler Freund abends im Bett geplaudert hat?«

Jürgen! Jürgen ist ... Frankfurt.

»Der erzählt der Braut doch nicht, was er da macht.«

»Nein? Hat er was gesagt? Los, du Tunte! Quatsch endlich!«

Wieder knallte seine Hand in ihr Gesicht. Wie oft noch? Bis alles Blut war ... blutig ... Fetzengesicht ... kein Mädchen mehr, nie mehr ... kein Mäd ...

»... ürgen.« Ihr war plötzlich so schlecht. Langsam beugte sie sich zur Seite, ließ sich auf die Schulter fallen. Schlafen, sterben, schlafen, sterben, schlaf ...

Er riß sie hoch, krallte seine Finger in sie, Stoff fetzte an ihrer Schulter. »Ich bring dich zum Reden, verlaß dich drauf.«

»... bitt ... gib mir wa ...« Es kommt nichts, geht nicht ... die Worte kommen nicht ... mehr mit.

Hoch oben über ihr lachte etwas. Weit weg. »Ist sie nicht süß, die kleine Schwuchtel? Und so unschuldig. Drogen, Prostitution, herumschnüffelnde Detektive. Und sie? Sie weiß von nichts. Sie ist unschuldig und rein wie frisch gefallener Schnee.«

»... ce ... Ice ... brauch ...« Dunkel wurde alles und kalt und furchtbar ... kalt und ...

Für einen kurzen Moment war sie etwas klarer. Lange genug, um seinen Schuh zu sehen. Wie er nach vorn schoß. Sie schnappte nach Luft. Millimeter vor ihrem Bauch blieb er stehen.

»Du wirst reden. In einer Stunde wirst du darum flehen, mir alles sagen zu dürfen.«

»Marce...« Merkt er nicht... du kannst doch nicht sprech... geht ni...

»Die ist voll auf Blues, Chef. Müßte eigentlich schon Echos haben.«

»Und wenn sie uns nur was vorspielt?«

»Ich kann mich ja mal mit ihr befassen.«

»Okay. Aber nicht, daß sie die Augen auf Null stellt.«

»Keine Angst. Ich spiel nur ein bißchen mit ihr.«

Ein Schatten kam näher. Er. »Also dann, Sonja Lehmann. Wußtest du, daß unser lieber Frank nichts so haßt wie Tunten? Nein? Ich nehme an, er wird es dir gleich zeigen. Und nimm ihm nicht übel, wenn sein Temperament mit ihm durchgeht.«

»...nein...Marc...«

Sein Umriß verschwand, löste sich... auf... von ganz fern kam seine Stimme. »Manche der Mädchen behaupten, Frank sei ein Sadist.« Lachen schallt ihr durch den Kopf. »Du mußt mir nachher unbedingt erzählen, wie es war.«

»...cel!«

Donnernd schlug eine Tür zu... es hallte... wie Wellen auf und nieder... laut... leise... Dann schob sich etwas Dunkles vor ihre Augen... näher... groß... Fra... Frank!

»Komm her, du kleines Miststück!«

****

»Er wäre sowieso nicht über den TÜV gekommen«, sagte Chris, gab Gas und knallte ihren Fiesta dem BMW voll in die Seite.

Ein fürchterlicher Knall, sie riß die Arme vors Gesicht, wurde nach vorn geschleudert. Der Gurt fing sie auf wie Butter.

»Heaven!«

Ein paar Sekunden lang tat sich nichts. Chris legte die Hände auf die Hupe. Es wirkte. Die Eingangstür wurde aufgerissen, an den meisten Fenstern flogen die Vorhänge zur Seite.

Jemand kam über den Kies gejoggt.

»Sind Sie verrückt geworden?«

Chris stieg aus. Jetzt war Frechheit angesagt. »Welcher Vollidiot parkt denn seine Karre hier im Dunkeln?«

»Ich werd dir helfen, Mädchen.«

Mittlerweile drängte sich eine Menschentraube durch die Tür ins Freie. Allen voran ein Typ im hellen Anzug. Marcel-Dieter Bieräugl.

»Mein Wagen!«

»Ist das etwa Ihre Rostlaube?«

»Rost...? Wissen Sie, was Sie getan haben? Wissen Sie, was das kostet? Der Wagen ist...«

»Ihre Nobelkarre interessiert mich einen Dreck. Sehen Sie sich mein Auto an. Was sehen Sie? Einen Haufen Schrott! Und warum?«

»Ich glaube...«

»Weil Sie zu dämlich zum Einparken sind! Wie kann man sein Auto denn hierhin stellen? Wo es kein Schwein sehen kann?«

Aus der Traube war ein richtiger Auflauf geworden. Alles redete durcheinander. Ein paar lachten lauthals, sie hielten das mit Sicherheit für eine Show-Einlage des Hauses.

»Mädchen, gleich setzt es was.« Von so nah sah er ziemlich gefährlich aus.

»Haben Sie das gehört?« schrie Chris in die Menge. »Der Kerl bedroht mich auch noch.«

»Wo? Wer?« Zwei offensichtliche Handelsvertreter, die Sektgläser noch in der Hand, stolperten aus dem Pulk. »Will der Ihnen was tun, kleine Frau?«

»Meine Herren, bitte!«

Einer der beiden baute sich vor Marcel auf. »Du, hör mir mal zu, Kumpel. Wenn ich was nicht leiden kann, dann ...«

Der Zuhälter packte ihn und schubste ihn gegen seinen Kumpan. Ineinander verschlungen fielen sie auf den Rasen.

»Hol doch mal jemand die Polizei«, rief Chris. Sofort drängte sich eine Handvoll Gäste ins Haus.

»Halt! Nicht doch!« Marcel hob die Arme. Alles blieb stehen. »Können wir das nicht unter uns regeln?«

»Laß dich von dem nicht bescheißen«, kam es aus der Menge.

»Sie setzen Ihren Wagen zurück, junge Frau und ...«

»Nichts da.« Chris verschränkte die Arme vor der Brust. »Erst wenn die Bullen Fotos gemacht haben.«

Marcels Stirn glitzerte im Laternenlicht. »Sehen Sie, ich nehme die Schuld auf mich und ...«

»Ich will die Bullen!«

»Verdammte Scheiße! Gleich vergeß ich mich. Was wollen Sie überhaupt hier? Wissen Sie, wo Sie sind?«

»Und ob ich das weiß«, kreischte Christiane. Aus dem Bauch schreien, fiel ihr ein, nicht über die Stimmbänder. Sonst kriegst du morgen keinen Ton raus. »Ein Puff ist das!«

In den Häusern gegenüber gingen alle Lichter an. Kein Fenster, das dunkel blieb.

Marcel zog pfeifend Luft ein.

»Ein Puff, jawoll!« rief ein dicker Gast fröhlich. »Ein Puff, ein Puff, ein Puff«, skandierte er.

Aus den Fenstern gegenüber ertönten Pfiffe.

Der Zuhälter klappte den Mund auf und zu, bevor er einen Ton herausbrachte. »Verschwinden Sie«, bat er mit beschwichtigender Handbewegung. »Ich stelle keine Ansprüche. Nur, verschwinden Sie. Möchten Sie vielleicht ein Taxi ...?«

»Meinen Alten will ich«, keifte Chris und sparte nicht mit Luft. »Bringt hier locker die Knete durch, und unsereiner hockt mit den Blagen zu Hause.«

»Genau«, rief eine Frauenstimme drüben aus dem Fenster. »Aber damit ist jetzt Schluß. Hans-Willi!« Sie drängte sich an Bieräugl vorbei durch die Menge. »Hans-Willi, du kommst sofort da raus.«

»Junge Frau, bitte!«

****

Schreien! Kreischendes Schreien reißt sie aus ihrem Traum. Ihr Körper bebt, bäumt sich... gehört ihr nicht mehr. Sie schreit, weiß, daß sie es ist, selbst schreit, nicht träumt.

Schläge... von überall prasseln Schläge auf sie ein... tun nicht mehr weh. Dickflüssig läuft etwas in den Rachen, schmeckt nach Metall. Sie reißt den Mund auf, weit, nach Luft, erstickt fast. Nur Würgen kommt heraus.

Eine riesige, dicke Schlange windet sich auf sie zu.

Wahnsinnig vor Angst schlägt sie los, tritt um sich, spuckt und beißt und schlägt... endlos lang... immer wieder und immer wieder...

Die Schlange fällt in blutige Lappen auseinander. Zischend vor Wut hacken ihre Giftzähne zu. Säure spritzt gelblich über ihre Hände... frißt sich auf die Knochen durch.

Und dann schlägt der Schmerz in sie ein wie eine Axt... heißes Blei in ihrem Unterleib... schmirgelnde glasfeine Splitter scheuern in ihr... heiße Lanzen spießen sie auf... und Teufel fressen sich in sie hinein... schlitzen sie... Gedärm bricht aus der Bauchhöhle wie glibbrige Würmer... über die Laken schwappt stinkende Jauche... sie schlagen Nägel in ihr Gesicht... Krallen drücken ihr die Augen in den Kopf... feine lange Nadeln in ihren Ohren... bohren sich knirschend in ihr Gehirn... Blut schießt aus zerbissenen Adern... und Klauen reißen ihre Haut in Fetzen... rasiermesserscharfe Klingen... schneiden zuckende Sehnen... Schenkel zerknacken... malmende Kiefer... Schwärze... Schwärze überall... zentnerschwer... auf ihr... preßt...

Luft aus ihrer Lunge ... schlapp ... eine Tüte ... leer ... ersticken ... tot ... tot ist sie ... tot tot tot ... schön ... wie schön ... wie schön ...

****

Hinter dem Rücken der Schaulustigen hetzten sie ins Haus.

Bis auf ein paar knutschende Pärchen war die Bar leer.

»Behalten Sie bitte Platz«, sagte Benno im Vorbeihasten. »Es geht gleich weiter.«

Im Gang hinter der Bar trafen sie auf den Albino. Bei ihrem Anblick schoß er in die Herrentoilette. Benno hörte ihn zweimal verriegeln.

Eine geschwungene Treppe führte von der Halle nach oben. Ohne zu überlegen rannten sie hinauf. Ein Rudel kreischender Huren preßte sich panisch gegen die Tapeten.

Wolfgang stieß die erste Tür auf. Ein magerer Typ schreckte von seiner Begleiterin hoch.

»Das Kreuz gerade, Mann!« schnarrte Wolli.

Am Flurende tauchte Frankie, der Gorilla, auf. Noch im Laufen knöpfte er sich seine Hose zu. Als er sah, daß sein Weg versperrt war, blieb er ruckartig stehen.

»Überleg dir jetzt jede Bewegung«, sagte Schröder und winkte mit dem Revolverlauf zur Wand.

Benno packte ihn und knallte ihn gegen die Mauer. »Wo ist Sonja, mein Freund?«

Frank versuchte das, was man ein höhnisches Lächeln nennt. Er versuchte es. Als Benno seinen Arm auf den Rücken und in Richtung Schulterblatt drückte, gab er den Versuch auf. »Da.« Sein Kopf deutete eine ungefähre Richtung an.

Benno sah über die Schulter. »Guck mal in das Zimmer, Wolli.«

»Ist verriegelt.«

»Haben wir gleich.« Er ließ den Gorilla los. Eine Tür zu öffnen war ja nun wirklich kein Prob ...

»Paß auf, Benno!«

Im Ducken spürte er den Luftzug, mit dem Franks Faust über ihn wegging.

»Jetzt hab ich aber die Faxen dicke!« Er schlug zweimal zu. Einmal hätte auch gereicht. Mit verdrehten Augen rutschte der Gorilla an der Wand runter.

»Treffer. Gesunken«, sagte Schröder und beäugte die Tür. »Ich wollte immer schon mal ein Schloß aufschießen.«

»Nichts da. Keine Sachbeschädigung.« Benno nahm einen Meter Anlauf. Holz splitterte, es staubte.

Das Zimmer war leer.

»Der will uns auf den Arm nehmen«, sagte Wolli.

Sie stürmten den Gang runter, Benno riß die erstbeste Tür auf.

»Mein Gott!« Dem Mageren standen fast die Tränen in den Augen.

»Entschuldigung, wir suchen Sonja.«

»Die Wohnung neben der Treppe«, sagte das Mädchen. Und zu ihrem Gast: »Ja, nun mach schon, Willi. Die Nacht ist kurz.«

»Und wenn der noch mal kommt?«

Benno brach fast die Tür aus dem Rahmen.

»Ach du Scheiße!«

Sonja lag vor der Heizung. Rock und Bluse in blutverschmierten Fetzen. Ihr Gesicht war unter den Schwellungen kaum zu erkennen.

»Und ich Arsch . . .« Wolli sprach nicht weiter.

Benno kniete sich neben die reglose Gestalt und nahm ihr schlappes Handgelenk. »Sie hat Puls.« Er drehte sie auf die Seite. »Du bleibst bei ihr.«

Mit einem Blick auf die herausgerissene Telefonschnur hetzte er zurück in den Flur. Am Fuß der Treppe fand er einen intakten Apparat, aber kein Buch, erinnerte sich, wählte die Hundertzehn, bekam einen Bullen dran, orderte einen Krankenwagen, nannte auch seinen Namen und die Adresse und flehte zum ersten Mal in seinem Leben einen Beamten an, sich zu beeilen.

»Was ist los bei euch?« fragte der Polizist. »Sie sind schon der vierte. Kommt ihr denn mit einem Krankenwagen nicht aus?«

In einer anderen Situation hätte er das vielleicht als lustig empfunden.

Kaum war er wieder oben, da quäkte draußen ein Martinshorn heran, kurz dahinter ein zweites. Blaulicht zuckte durchs Fenster über die Flurdecke.

Er packte den immer noch leblosen Gorilla und schleifte ihn zur Treppe. Zwei Sanitäter stürmten herauf.

****

Die Anhäufung von Delikten verursachte zeitweilige Kompetenzschwierigkeiten im Polizeipräsidium. Gegen drei Uhr landeten sie bei der Kriminalgruppe I, in einem Gang vor dem 2. Kommissariat.

Nach der ersten Vernehmung fuhr Schröder ins Elisabeth-Krankenhaus und Chris mit Benno zu Haralds Mutter. Die Bullen waren natürlich schneller gewesen und weniger einfühlsam. Frau Lesniak steckte mitten in einem hysterischen Anfall. Christiane telefonierte ihren Hausarzt aus dem Bett, der sie nach einer Superdröhnung Morpheus' Armen überließ.

Es war fünf, als sie sich todmüde und hellwach zum Birkenhof schleppten. Hinter Plaßmanns Feld schimmerte erstes Morgenlicht am Horizont.

Benno kochte Kaffee.

Gerade hatte Chris das Kaminfeuer brennen, als der Ascona auf den Hof fuhr.

Schröder polterte herein, warf sich auf eines der Sofas, steckte sich eine Zigarette an und stierte in die Flammen.

Der Hausherr servierte den Kaffee und legte Chris

eine Decke über die Schultern. Sie nickte nur wortlos. Das Feuer knackte, Tassen wurden umgerührt, Kaffee geschlürft.

»Verdammte Scheiße«, unterbrach Wolfgang das Schweigen.

»Ach, Wolli...«

»Nix da!« Er warf seine Kippe ins Feuer, sprang auf und stellte sich an den Kamin. »Wenn ich nicht so lange gezögert hätte, wäre dem Jungen... wäre ihr nichts passiert.«

»Wie sieht es denn aus?« fragte Benno über den Rand seines Bechers hinweg.

Schröder schüttelte den Kopf. »Prellungen, Platzwunden und... die Sau hat ihr zwei Rippen gebrochen.« Fahrig steckte er sich eine neue Zigarette an. Er sah auf. »Hast du mal en Schnaps da, Dicker?«

Benno ging zum Vitrinenschrank und kam mit einer Flasche Cognac und drei Gläsern zurück. Er füllte sie bis zur Hälfte, schob jedem eins zu.

»Ne Viertelstunde eher...«

»Hör auf, Wolli.« Chris trank mit beiden Händen ums Glas. »Wir können schließlich nicht hellsehen.«

In einem Zug trank Schröder sein Glas leer. »Die mußten ihr was spritzen, weil die Kleine voll auf turkey war. Ice. Schon mal was von gehört?«

»Ist denn das?« Mit einem Arm griff Benno hinter sich zur Tabaksdose.

»Amphetamin-Kristalle. Das neueste vom Neuen. Einen knappen Tag lang bist du der King. Danach gehts für achtundvierzig Stunden durch die Hölle. Kannst nicht mehr sprechen, hast Wahnvorstellungen, drehst einfach voll durch. Nackter Horror.«

»Und was passiert jetzt mit ihr?« fragte Chris.

»Wenn es das erste Mal war, hat er noch mal Glück gehabt. Ich meine...«, Wolfgang stockte, »hat sie noch mal Glück... Ist das nun en Mädchen oder en Mann?«

»Mädchen«, entschied Benno und kippte seinen Schnaps. »Jeder ist das, was er fühlt.«

»Seine Mama sieht das aber anders.« Christiane rollte das Glas zwischen den Handflächen. »Die ist total ausgeflippt. Wollte nicht mal zu ihm ins Krankenhaus.«

»Irgendwann wird sie das schnallen müssen«, sagte Wolli und lehnte sich an die Bücherwand.

»Und was ist mit unseren Freunden?«

Ganz kurz zuckten Wollis Mundwinkel. »Bei Bieräugl kommt da richtig was zusammen. Begünstigung von Prostitution, Zuhälterei, schwerer Diebstahl wegen dieser Autogeschichten, Verstoß gegen das Betäubungsmittelgesetz, Freiheitsberaubung und so weiter. Ein paar Jährchen springen da wohl bei raus. Vor allem, wenn er vorbestraft ist.«

»Wenn sie ihn kriegen«, paffte Benno.

Im Tumult hatte sich der Zuhälter aus dem Staub gemacht. Die Bullen meinten zwar, sie würden ihn schnappen. Aber Chris kam das mehr wie Wunschdenken vor.

»Und diese Sau ...« Schröder kräuselte die Lippen.

»Abwarten.« Unter gehöriger Rauchentwicklung brachte Benno eine Pfeife zum Ziehen. Er drehte sich zu ihm um. »Mit schwerer Körperverletzung allein kommt Frankie da nicht raus. Ich rufe morgen mal Joschi Bender an, ob er Sonjas Verteidigung übernimmt. Der wird sich was einfallen lassen.«

Vor den Fenstern wurde es langsam hell. Prompt fing bei den Braumüllers der Hahn an zu krähen.

Unruhig ging Wolli auf und ab. Offensichtlich machte ihm sein Zögern vor der Kneipe immer noch zu schaffen.

Bevor er wieder damit anfing, sah Chris in die Runde. »Hat einer den Durchblick?«

»Ich denke«, begann Benno, »Harald hatte nur ein Ziel vor Augen: seine Geschlechtsumwandlung. Aber nicht genug Geld. Seine Lebensführung wird einiges verschlungen haben. Doppelte Kleidung, ständige Barbesuche und und und. Und jetzt nehmen wir mal an, Marcel bietet ihm soviel, daß er Casablanca bezahlen kann. Wenn er ihm größere Mengen von diesem Piperonylme... na ja, von diesem Zeug beschafft. Natürlich so, daß der Käufer im dunkeln bleibt.«

»Der schöne Marcel wollte also auch noch ins Drogengeschäft.«

»Diversifikation«, sagte Benno.

»Für Harald ein verlockendes Angebot.« Chris nickte müde und drehte sich eine letzte Zigarette zur letzten Tasse Kaffee. »Euphorisch, seine Zukunft als Frau vor Augen, bricht er die Zelte ab. Und zwar gründlich.«

»Was ihm nicht schwerfiel. Mit der Familie hatte er eh nicht viel am Hut. Und seinen Job war er sowieso los.«

»Ja, aber...« Irgendwas schien Wolli daran nicht zu gefallen. »Wie wollte er denn seine Identität wechseln?«

»Ach«, winkte Benno ab. »Du weißt doch, wie leicht man an andere Papiere kommt. Bei Transsexuellen kannst du auch keine normalen Maßstäbe anlegen. Glaubst du, Sonja hätte ihr Leben bis hin zur Altersversorgung durchgeplant? Da ist soviel Spontaneität, soviel gefährliche Romantik im Spiel...«

»Ich versteh das nicht.« Schröder goß sich noch einen Schnaps ein. »Daß jemand unbedingt ne Frau sein will. Und deswegen all diesen Scheiß macht.«

»Da können wir nicht mitreden«, sagte Benno. »Vielleicht kapiert das nicht mal ein Psychiater. Warum auch?«

»Dieser Jürgen«, überlegte Chris, »mit dem sie unter Bieräugls Dach zusammengelebt hat...«

»Was ist mit dem?«

»Ach nichts. Würde mich nur interessieren, ob es mit den beiden irgendwie weitergeht.«

»No, madam«, sagte Wolli, der inzwischen samt Schnaps in der Fensterbank hockte. »Der ist zur Fahndung ausgeschrieben. Wenn sie ihn nicht durch Interpol kriegen, wird er wohl irgendwo untertauchen.«

»Armes Ding.« Chris trank den letzten Schluck. »Als wir auf dem Präsidium saßen, hab ich gedacht, es gäbe ein Happy-End. Was soll denn aus Sonja werden?«

Benno zog eine Schnute. »Sie wird weitermachen, denke ich. Irgendwann, wenn sie wiederhergestellt ist. Und wenn sie keine Gänsehaut mehr vor Männern kriegt. Vielleicht findet sie einen neuen Freund, sucht sich einen Job, legt Geld an die Seite. Möglich, daß es mal reicht.«

»Für Casablanca.«

»Jedenfalls haben wir unseren Auftrag ausgeführt«, sagte Wolli, kippte den Hines und gähnte.

»Haben wir?« Benno runzelte die Stirn. »Ich fürchte, meine Nachbarin wird das anders sehen.«

»Ja, wieso?«

»Wir haben Harald gefunden«, sagte Benno. »Aber Mutter Lesniak wollte ihren Sohn wiederhaben.«

Chris stierte in ihre Tasse. Aus der Kastanie drang das Tschilpen der Spatzen herein. Und irgendwo brummte ein Traktor über die Felder.

Schröder rutschte von der Fensterbank. »Wenn mich jemand sucht, ich bin im Bett.«

Die Augen halb zu, fuhr er nach Hause. Als wenn er es geahnt hätte, nahm er die angesammelte Post aus dem Kasten. Der Umschlag war weiß und unschuldig und vom Vermieter. Schröder riß ihn auf, ehe er noch im Büro war.

». . . und kündigen hiermit das bestehende Mietverhältnis zum 1. April 1990 . . . werden ab Herbst alle Wohneinheiten in Eigentumswohnungen umgewandelt . . . bitten um Ihr Verständnis . . .«

Ein paar Minuten starrte er auf das Blatt. Dann ging er zum Kühlschrank und kramte eine Flasche Weizenkorn heraus. Er beschloß, sich so zu besaufen, wie er es seit Jahren nicht mehr getan hatte.

ENDE

CONNY LENS, geboren am 10.3.1951 als Friedrich Hitzbleck in Essen, war EDV-Angestellter, ist seit zwanzig Jahren der Kriminalliteratur verfallen, lebt als freier Schriftsteller in Datteln, Mitglied der Autorengruppe Kriminalliteratur e.V. »Das Syndikat«, Autor von bisher fünf Kriminalromanen.
Im Haffmans Verlag erschienen aus der Serie *Steeler Straße*: *Die Sonnenbrillenfrau* (Krimi, 1990) – *Ottos Hobby* (Krimi, 1990) – *Casablanca ist weit* (Krimi, 1991).

HAFFMANS TASCHENBÜCHER

könnten Sie auch lesen

HEINZ LUDWIG ARNOLD
Schriftsteller im Gespräch I & II
HTB 93 und 94

JULIAN BARNES
Als sie mich noch nicht kannte
Roman HTB 96
Flauberts Papagei
Roman HTB 26

ULI BECKER
Meine Fresse!
Gedichte HTB 66

DANIIL CHARMS
Fälle
Szenen Gedichte Prosa HTB 17

JOHN CLEESE / CHARLES CRICHTON
Ein Fisch namens Wanda
Drehbuch mit Fotos HTB 38

PHILIP K. DICK
Erinnerungen en gros
Science-Fiction-Geschichten HTB 58

HUGO DITTBERNER
Das Internat
Papiere vom Kaffeetisch HTB 29

SIR ARTHUR CONAN DOYLE
Eine Studie in Scharlachrot
Sherlock-Holmes-Romane I HTB 37
Das Zeichen der Vier
Sherlock-Holmes-Romane II HTB 59
Der Hund der Baskervilles
Sherlock-Holmes-Romane III HTB 34
Das Tal der Angst
Sherlock-Holmes-Romane IV HTB 60
Sämtliche Sherlock-Holmes-Romane
in Kassette
HTB 90006

BERND EILERT
Eingebildete Notwehr
Kriminalroman HTB 42
Die 701 peinlichsten Persönlichkeiten
Beiträge zur Sozialhygiene.
Mit Jahresblättern von Hilke Raddatz
HTB 65

BERND EILERT/ ROBERT GERNHARDT/ PETER KNORR/OTTO WAALKES
Otto - Der Film
Drehbuch mit Farbfotos HTB 83
Otto - Der Neue Film
Drehbuch mit Farbfotos HTB 84

Otto - Der Heimatfilm
Drehbuch mit Farbfotos
HTB 85

FRIEDER FAIST
Schattenspiele
Ein Kriminalroman
aus deutscher Provinz HTB 35

ROBERT GERNHARDT
Gedanken zum Gedicht
Thesen zum Thema
HTB 100

Glück Glanz Ruhm
Erzählung Betrachtung Bericht
HTB 67

Ich Ich Ich
Roman HTB 2

Kippfigur
Dreizehn Erzählungen HTB 32

Letzte Ölung - Wie es anfing
Ausgesuchte Satiren I HTB 24

Letzte Ölung - Wie es weiterging
Ausgesuchte Satiren II HTB 25

Die Toscana-Therapie
Schauspiel HTB 12

Wörtersee
Gedichte HTB 44

ROBERT GERNHARDT/
F.W. BERNSTEIN
Hört, hört!
Das WimS-Vorlesebuch HTB 51

PETER GREENAWAY
Der Koch, der Dieb, seine Frau und ihr Liebhaber
Drehbuch mit Farbfotos
HTB 57

GISBERT HAEFS
Und oben sitzt ein Rabe
Ein Matzbach-Krimi HTB 9

Das Doppelgrab in der Provence
Ein Matzbach-Krimi HTB 13

Mörder und Marder
Ein Matzbach-Krimi HTB 19

ECKHARD HENSCHEID
Dolce Madonna Bionda
Roman HTB 27

Franz Kafka verfilmt seinen ›Landarzt‹
Erzählung HTB 5

Hoch lebe Erzbischof Paul Casimir Marcinkus!
Ausgewählte Satiren und Glossen
HTB 70

Standardsituationen
Fußball-Dramen
HTB 10

Was ist eigentlich der Herr Engholm für einer?
Ausgewählte Satiren und Glossen
HTB 50

Wie man eine Dame verräumt
Ausgewählte Satiren und Glossen
HTB 95

Die Wurstzurückgehlasserin
Sieben Erzählungen
HTB 20

GEOFFREY HOUSEHOLD
Einzelgänger, männlich
Verfolgungs-Thriller
HTB 43

NORBERT JOHANNIMLOH
Appelbaumchaussee
Geschichten vom
Großundstarkwerden
HTB 23

RICHARD KÄHLER
Teddy's Trends
Die abenteuerlichen Aufzeichnungen des jungen Teddy Hecht während der achtziger Jahre. Mit einem Vorwort von Eckhard Henscheid
HTB 68

DAN KAVANAGH
Duffy
Kriminalroman HTB 7

Vor die Hunde gehen
Ein Duffy-Krimi HTB 36

EGBERT KIMM
Das Mörderquartett
Krimi HTB 40

HERMANN KINDER
Du mußt nur die Laufrichtung ändern
Erzählungen HTB 11

Kina Kina
Eine Geschichte HTB 52

Der Schleiftrog
Erziehungs-Roman HTB 28

HANNS KNEIFEL
Angriff aus dem All
Raumpatrouille ORION I HTB 72
Planet außer Kurs
Raumpatrouille ORION II HTB 73
Die Hüter des Gesetzes
Raumpatrouille ORION III HTB 79
Deserteure
Raumpatrouille ORION IV HTB 80
Kampf um die Sonne
Raumpatrouille ORION V HTB 90
Die Raumfalle
Raumpatrouille ORION VI HTB 91
Invasion
Raumpatrouille ORION VII HTB 92
Raumpatrouille ORION
Alle 7 Bände in Kassette
HTB 90014
Das brennende Labyrinth
Science-Fiction-Roman HTB 41

CONNY LENS
Die Sonnenbrillenfrau
Ein Steeler-Straße-Krimi HTB 74
Ottos Hobby
Ein Steeler-Straße-Krimi HTB 75

KARL MAY
Durch die Wüste
Reiseerzählung HTB 78
Durchs wilde Kurdistan
Reiseerzählung HTB 86
Von Bagdad nach Stambul
Reiseerzählung HTB 87
In den Schluchten des Balkan
Reiseerzählung HTB 88
Durch das Land der Skipetaren
Reiseerzählung HTB 89
Der Schut
Reiseerzählung HTB 76
Die Orient-Romane
in Kassette
HTB 90015
Der Schatz im Silbersee
Erzählung HTB 53
Das Vermächtnis des Inka
Erzählung HTB 77
»Weihnacht!«
Reiseerzählung HTB 54
Winnetou I
Reiseerzählung HTB 55

GERHARD MENSCHING
Der Bauch der schönen Schwarzen
Krimi HTB 15
Löwe in Aspik
Ein lustvoller Roman HTB 8

WOLF v. NIEBELSCHÜTZ
Der Blaue Kammerherr
Band I: **Der Botschafter der Republik**
HTB 61
Band II: **Der Reichsgraf zu Weißenstein**
HTB 62
Band III: **Der Herzog von Scheria**
HTB 63
Band IV: **Die Bürgerin Valente**
HTB 64
Der Blaue Kammerherr
Galanter Roman in vier Bänden in
Kassette HTB 90007
Die Kinder der Finsternis
Roman HTB 33

FLANN O'BRIEN
In Schwimmen-zwei-Vögel
Roman HTB 98

DOROTHY PARKER
Close Harmony oder Die liebe Familie
Schauspiel HTB 47
Die Geschlechter
New Yorker Geschichten
HTB 22
Ladies im Hotel
Schauspiel HTB 71
Eine starke Blondine
New Yorker Geschichten
HTB 18

HANS PLESCHINSKI
Pest und Moor
Ein Nachtlicht HTB 14

EDGAR ALLAN POE
Die Detektivgeschichten
Deutsch von Hans Wollschläger
HTB 39

GERHARD POLT/
HANNS CHRISTIAN MÜLLER
Der Bürgermeister von Moskau
Drehbuch mit Bildern HTB 45
Man spricht deutsh
Drehbuch mit Bildern HTB 3

PETER RÜHMKORF
Kleine Fleckenkunde
Lyrische Klecksographie HTB 56

ARNO SCHMIDT
Fouqué und einige seiner Zeitgenossen
Biographischer Versuch
HTB 1

KARLA SCHNEIDER
Der Knabenkrautgarten
Liebes- und Abenteuergeschichten
HTB 48

MARGIT SCHREINER
Die Rosen des Heiligen Benedikt
Liebes- und Haßgeschichten
HTB 46

JOSEPH v. WESTPHALEN
Moderne Zeiten I & II
Blätter zur Pflege der Urteilskraft
HTB 30 und 31

Warum ich Monarchist geworden bin
Zwei Dutzend Entrüstungen
HTB 6

Warum ich trotzdem Seitensprünge mache
Fünfundzwanzig neue Entrüstungen
HTB 97

HARALD WIESER
Von Masken und Menschen I
Portraits und Polemiken HTB 81

Von Masken und Menschen II
Essays und Affairen
HTB 82

ROR WOLF
Das nächste Spiel ist immer das schwerste
Alte und neue Fußballspiele HTB 69

HANS WOLLSCHLÄGER
In diesen geistfernen Zeiten
Konzertante Noten zur Lage der Dichter und Denker
HTB 4

»Tiere sehen dich an« oder Das Potential Mengele
Essay HTB 49

DIETER E. ZIMMER
Die Elektrifizierung der Sprache
Über Sprechen, Schreiben, Computer, Gehirne und Geist
HTB 99

Redens Arten
Neudeutscher Sprachgebrauch
HTB 21

So kommt der Mensch zur Sprache
Ergebnisse der Sprachforschung
HTB 16

NEUE AUTOREN IM HAFFMANS VERLAG

HEINZ LUDWIG ARNOLD
Schriftsteller im Gespräch I & II

JULIAN BARNES
Als sie mich noch nicht kannte
Roman.
Deutsch von Michael Walter

Eine Geschichte der Welt in $10^{1/2}$ Kapiteln
Roman.
Deutsch von Gertraude Krueger

Flauberts Papagei
Roman.
Deutsch von Michael Walter

Metroland
Roman.
Deutsch von Gertraude Krueger

ULI BECKER
Alles kurz und klein
Erinnerungen

Meine Fresse!
Gedichte

Das Wetter von morgen
Gedichte

F.W. BERNSTEIN
Hört, hört!
Das WimS-Vorlesebuch
(zusammen mit Robert Gernhardt)

Lockruf der Liebe
Gedichte

TV-Zombies
Bilder und Charaktere
(zusammen mit Eckhard Henscheid)

VALENTIN BRAITENBERG
Gescheit sein
Wissenschaftliche und unwissenschaftliche Essays

ANTHONY BURGESS
Der lange Weg zur Teetasse
Eine Geschichte.
Deutsch von Harry Rowohlt.
Mit Bildern von Almut Gernhardt

PHILIP K. DICK
Erinnerungen en gros
Science-Fiction-Geschichten.
Deutsch von Thomas Mohr, Denis Scheck, Michel Bodmer, Harry Rowohlt u.a.

HUGO DITTBERNER
Geschichte einiger Leser
Roman

Das Internat
Papiere vom Kaffeetisch

NORBERT EBERLEIN
Seidenmatt
Liebesroman

EMANUEL ECKARDT
Der Hausmeister
Ein Schlüsselroman

BERND EILERT
Das aboriginale Horoskop
Ein Senigiroba-Weg des Wissens.
Nach den Lehren des Altmeisters Urug. Mit Zeichnungen von Hilke Raddatz

Eingebildete Notwehr
Krimi

Das Hausbuch der literarischen Hochkomik
Herausgegeben von Bernd Eilert.
Mit zwölf bunten Bildern von F.K. Waechter

Die 701 peinlichsten Persönlichkeiten 1979 - 1989
Beiträge zur Sozialhygiene. Mit Jahresblättern von Hilke Raddatz

BERND EILERT/ ROBERT GERNHARDT/ PETER KNORR/OTTO WAALKES
Otto – Der Film
Drehbuch mit Farbfotos

Otto – Der Neue Film
Drehbuch mit Farbfotos

Otto – Der Heimatfilm
Drehbuch mit Farbfotos

FRIEDER FAIST
Schattenspiele
Ein Krimi aus deutscher Provinz
Nebenrollen
Ein Schauspielerleben in deutscher Provinz

ROBERT GERNHARDT
Es gibt kein richtiges Leben im valschen
Humoresken aus unseren Kreisen
Gedanken zum Gedicht
Thesen zum Thema
Glück Glanz Ruhm
Erzählung Betrachtung Bericht
Hört, Hört!
Das WimS-Vorlesebuch
(zusammen mit F.W. Bernstein)
Ich Ich Ich
Roman
Kippfigur
Erzählungen
Körper in Cafés
Gedichte
Letzte Ölung
Ausgesuchte Satiren
Die Toscana-Therapie
Schauspiel in 19 Bildern
Was bleibt
Gedanken zur deutschsprachigen Literatur unserer Zeit
Was gibt's denn da zu lachen?
Kritik der Komiker – Kritik der Kritiker– Kritik der Komik
Wörtersee
Gedichte

PETER GREENAWAY
Der Koch, der Dieb, seine Frau und ihr Liebhaber
Drehbuch mit Farbfotos.
Deutsch von Michel Bodmer

GISBERT HAEFS
Freudige Ereignisse
Geschichten
Hannibal
Der Roman Karthagos
Das Doppelgrab in der Provence
Krimi
Mörder und Marder
Krimi
Und oben sitzt ein Rabe
Krimi

ECKHARD HENSCHEID
Da lacht das runde Leder
Sämtliche Fußball-Anekdoten
Dolce Madonna Bionda
Roman
Die drei Müllerssöhne
Märchen und Erzählungen
Franz Kafka verfilmt seinen ›Landarzt‹
Erzählung
Frau Killermann greift ein
Erzählungen und Bagatellen
Helmut Kohl
Biographie einer Jugend
Hoch lebe Erzbischof Paul Casimir Marcinkus!
Ausgewählte Satiren und Glossen
Kleine Trilogie der großen Zerwirrnis
Beim Fressen beim Fernsehen fällt der Vater dem Kartoffel aus dem Maul / Der Neger (Negerl) / Wir standen an offenen Gräbern
Maria Schnee
Eine Idylle
Roßmann, Roßmann . . .
Drei Kafka-Geschichten
Standardsituationen
Fußball-Dramen
Sudelblätter
Aufzeichnungen
TV-Zombies
Bilder und Charaktere
(zusammen mit F.W. Bernstein)
Was ist eigentlich der Herr Engholm für einer?
Ausgewählte Satiren und Glossen
Wie Max Horkheimer einmal sogar Adorno hereinlegte
Anekdoten über Fußball, Kritische Theorie, Hegel und Schach
Wie man eine Dame verräumt
Ausgewählte Satiren und Glossen
Wir standen an offenen Gräbern
120 Nachrufe
Die Wurstzurückgehlasserin
Sieben Erzählungen

WOLFGANG HILDESHEIMER
Der Drachenthron
Komödie in drei Akten

ULRICH HORSTMANN
Patzer
Roman

GEOFFREY HOUSEHOLD
Einzelgänger, männlich
Verfolgungs-Thriller. Deutsch von Michel Bodmer

NORBERT JOHANNIMLOH
Appelbaumchaussee
Erzählungen vom Großundstarkwerden

RICHARD KÄHLER
Teddy's Trends
Die abenteuerlichen Aufzeichnungen des jungen Teddy Hecht während der achtziger Jahre. Mit einem Vorwort von Eckhard Henscheid

DAN KAVANAGH
Duffy
Krimi.
Deutsch von Willi Winkler

Vor die Hunde gehen
Ein Duffy-Krimi.
Deutsch von Willi Winkler

EGBERT KIMM
Das Mörderquartett
Krimi

HERMANN KINDER
Die Böhmischen Schwestern
Roman

Du mußt nur die Laufrichtung ändern
Erzählungen

Ins Auge
Roman

Kina Kina
Eine Geschichte

Die klassische Sau
Das Handbuch der literarischen Hocherotik. Herausgegeben von Hermann Kinder

Liebe und Tod
25 schöne Geschichten von A bis Z

Der Schleiftrog
Ein Erziehungs-Roman

HANNS KNEIFEL
Angriff aus dem All
Raumpatrouille ORION I

Planet außer Kurs
Raumpatrouille ORION II

Die Hüter des Gesetzes
Raumpatrouille ORION III

Deserteure
Raumpatrouille ORION IV

Kampf um die Sonne
Raumpatrouille ORION V

Die Raumfalle
Raumpatrouille ORION VI

Invasion
Raumpatrouille ORION VII

Das brennende Labyrinth
Science-Fiction-Roman

CONNY LENS
Die Sonnenbrillenfrau
Ein Steeler-Straße-Krimi

Ottos Hobby
Ein Steeler-Straße-Krimi

AXEL MARQUARDT
Sämtliche Werke
Band 1: Die frühe Prosa

Standbein Spielbein
Gedichte

GERHARD MENSCHING
Der Bauch der schönen Schwarzen
Kriminalroman

E.T.A. Hoffmanns letzte Erzählung
Roman

Die Insel der sprechenden Tiere
Eine Ferienabenteuergeschichte. Mit sprechenden Bildern von Nikolaus Heidelbach

Löwe in Aspik
Ein lustvoller Roman

Rotkäppchen und der Schwan
Drei erotische Humoresken

Die violetten Briefe
Drei kriminelle Novellen

KLAUS MODICK
Moos
Die nachgelassenen Blätter des Botanikers Lukas Ohlburg

WOLF v. NIEBELSCHÜTZ

Auch ich in Arkadien
Respektlose Epistel an die Freunde. Mit einer Nachbemerkung von Ilse v. Niebelschütz und sieben arkadischen Bildern von Irene v. Treskow

Der Blaue Kammerherr
Galanter Roman in 4 Bänden:
1. Der Botschafter der Republik
2. Der Reichsgraf zu Weißenstein
3. Der Herzog von Scheria
4. Die Bürgerin Valente

Die Kinder der Finsternis
Roman

FLANN O'BRIEN

In Schwimmen-zwei-Vögel oder Sweeny auf den Bäumen
Roman.
Vollständig neu übersetzt von Helmut Mennicken und Harry Rowohlt

Trost und Rat
Geschichten und Gedanken.
Ausgesucht und übersetzt von Harry Rowohlt

DOROTHY PARKER

Close Harmony oder Die liebe Familie
Schauspiel

Die Geschlechter
New Yorker Geschichten

Ladies im Hotel
Schauspiel

Eine starke Blondine
New Yorker Geschichten

HANS PLESCHINSKI

Gabi Lenz
Werden und Wollen.
Ein Dokument

Der Holzvulkan
Bericht einer Biographie

Nach Ägyppten
Ein moderner Roman

Pest und Moor
Ein Nachtlicht

GERHARD POLT & HANNS CHRISTIAN MÜLLER

Der Bürgermeister von Moskau
Drehbuch mit Fotos

Da schau her
Alle alltäglichen Geschichten.
Mit Zeichnungen von Reiner Zimnik und vielen Fotos

Ja mei...
Neue und umfassende alltägliche Geschichten. Mit Zeichnungen von Volker Kriegel und vielen farbigen Fotos

man spricht deutsh
Drehbuch mit Fotos

Wirtshausgespräche
Drei längere Stücke.
Mit Zeichnungen von Reiner Zimnik

WALTER E. RICHARTZ

Schöne neue Welt der Tiere
Zweiundfünfzig Tiergeschichten.
Mit neun Tierbildern von Tatjana Hauptmann

Vom Äußersten
Letzte Erzählungen.
Mit einer Grabrede von Hans-Jürgen Fröhlich und einer Erinnerung von Uwe Herms

WERNER RIEGEL

. . .beladen mit Sendung, Dichter und armes Schwein
Herausgegeben von Peter Rühmkorf.
Mit Fotos, Dokumenten, Faksimiles

PETER RÜHMKORF

Selbst III/88
Aus der Fassung
Das Gedicht »Mit den Jahren... Selbst III/88« in allen Zuständen und Vorformen

Kleine Fleckenkunde
Lyrische Klecksographie

Werner Riegel . . .beladen mit Sendung, Dichter und armes Schwein
Herausgegeben von Peter Rühmkorf.
Mit Fotos, Dokumenten, Faksimiles

MICHAEL RUTSCHKY

Reise durch das Ungeschick
und andere Meisterstücke

Was man zum Leben wissen muß
Ein Vademecum. Mit 25 Zeichnungen von F.W. Bernstein

ARNO SCHMIDT

Arno Schmidts Wundertüte
Eine Sammlung fiktiver Briefe

Atheist ? : Allerdings !
Ein Pamphlet

»Bargfelder Ausgabe«
Werkgruppe I: Romane, Erzählungen, Gedichte, Juvenilia in vier Bänden
Werkgruppe II: Dialoge in drei Bänden

...denn "wallflower" heißt »Goldlack«
Drei Dialoge

Deutsches Elend
13 Erklärungen zur Lage der Nationen

Eberhard Schlotter – Das zweite Programm
Zehn Szenen zu einem Triptychon

»Fiorituren & Pralltriller«
Randbemerkungen zu »Caliban über Setebos«

Fouqué und einige seiner Zeitgenossen
Biographischer Versuch

Griechisches Feuer
13 historische Skizzen

Julia, oder die Gemälde
Scenen aus dem Novecento

Das Leptothe=Herz
16 Erklärungen zur Lage der Literaturen

Nobodaddy's Kinder
Aus dem Leben eines Fauns – Brand's Haide – Schwarze Spiegel

Stürenburg-Geschichten
12 Erzählungen

Zweite Zürcher Kassette
Das essayistische Werk zur deutschen Literatur

UVE SCHMIDT
Die Russen kommen
Roman

KARLA SCHNEIDER
Der Knabenkrautgarten
Liebes- und Abenteuergeschichten

MARGIT SCHREINER
Mein erster Neger
Afrikanische Erinnerungen

Die Rosen des Heiligen Benedikt
Liebes- und Haßgeschichten

FRITZ SENN
Nichts gegen Joyce
Joyce versus Nothing.
Aufsätze 1959–1983

VLADIMIR SOROKIN
Die Schlange
Roman

CHRISTOF STÄHLIN
Der Dandy
Monologe und Erzählungen.
Mit Handzeichnungen von Dorothee v. Harsdorf

RAINER STEPHAN
Der Bayerisch-Österreichische Krieg 1987
Ein Bericht

AL STRONG
Whisky Weiber Pokerface
Drei wüste wilde Westernstories

ACHIM SZYMANSKI
Halt durch, Steffi!
Ein bewegender Schicksalsroman

HELLA-DORE TIETJEN
. . .und sie verpfuschten mir mein Leben
Eine Abrechnung

REINHARD UMBACH
Das große Buch der Bauernregeln
Handreichungen zur Zeit.
Mit Bildern von Carsten Hildebrandt

JOSEPH v.WESTPHALEN
Moderne Zeiten I & II
Blätter zur Pflege der Urteilskraft

Warum ich Monarchist geworden bin
Zwei Dutzend Entrüstungen

Warum ich Terrorist geworden bin
Ein Pamphlet

Warum ich trotzdem Seitensprünge mache
Fünfundzwanzig neue Entrüstungen

HARALD WIESER
Von Masken und Menschen I
Portraits und Polemiken

Von Masken und Menschen II
Essays und Affairen

ROR WOLF
Das nächste Spiel ist immer das schwerste
Alte und neue Fußballspiele

Hans Waldmanns Abenteuer
Sämtliche Moritaten von Raoul Tranchirer.
Mit Collagen des Verfassers

Raoul Tranchirers Mitteilungen an Ratlose
Ein Ratschläger

UWE WOLFF
Der Ewige Deutsche
Eine Geschichte aus jugendbewegten Zeiten

HANS WOLLSCHLÄGER
Herzgewächse oder Der Fall Adams
Fragmentarische Biographik in unzufälligen Makulaturblättern.
Erstes Buch

In diesen geistfernen Zeiten
Konzertante Noten zur Lage der Dichter und Denker für deren Volk

»Tiere sehen dich an« oder Das Potential Mengele
Essay

Von Sternen und Schnuppen
Bei Gelegenheit einiger Bücher.
Rezensionen und Zensuren

DIETER E. ZIMMER
Die Elektrifizierung der Sprache
Über Sprechen, Schreiben, Computer, Gehirne und Geist

Experimente des Lebens
Wilde Kinder, Zwillinge, Kibbuzniks und andere aufschlußreiche Wesen

Redens Arten
Über Trends und Tollheiten im neudeutschen Sprachgebrauch

So kommt der Mensch zur Sprache
Über Spracherwerb, Sprachentstehung, Sprache & Denken

KRIMINELLE LITERATUR IM HAFFMANS VERLAG

AMBROSE BIERCE
Horrorgeschichten
Aus dem Amerikanischen von Gisbert Haefs

Lügengeschichten und fantastische Fabeln
Deutsch von Viola Eigenberz und Trautchen Neetix

JOHN CLEESE/ CHARLES CRICHTON
Ein Fisch namens Wanda
Das vollständige Drehbuch mit vielen Fotos.
Aus dem Englischen und Amerikanischen von Michel Bodmer

SIR ARTHUR CONAN DOYLE
Sämtliche Sherlock-Holmes-Romane und -Erzählungen in neun Bänden
Aus dem Englischen von Gisbert Haefs, Leslie Giger, Hans Wolf u.a.

Sherlock-Holmes-Handbuch
Herausgegeben von Zeus Weinstein

BERND EILERT
Eingebildete Notwehr
Kriminalroman

FRIEDER FAIST
Schattenspiele
Ein Kriminalroman aus deutscher Provinz

PETER GREENAWAY
Der Koch, der Dieb, seine Frau und ihr Liebhaber
Das literarische Drehbuch mit Farbfotos.
Aus dem Englischen von Michel Bodmer

GISBERT HAEFS
Und oben sitzt ein Rabe
Ein Matzbach-Krimi

Das Doppelgrab in der Provence
Ein Matzbach-Krimi

Mörder und Marder
Ein Matzbach-Krimi

GEOFFREY HOUSEHOLD
Einzelgänger, männlich
Verfolgungs-Thriller. Aus dem Englischen von Michel Bodmer

DAN KAVANAGH
Duffy
Kriminalroman. Aus dem Englischen von Willi Winkler

Vor die Hunde gehen
Ein Duffy-Krimi.
Deutsch von Willi Winkler

EGBERT KIMM
Das Mörderquartett
Krimi

CONNY LENS
Die Sonnenbrillenfrau
Ein Steeler-Straße-Krimi

Ottos Hobby
Ein Steeler-Straße-Krimi

Casablanca ist weit
Ein Steeler-Straße-Krimi

GERHARD MENSCHING
E.T.A. Hoffmanns letzte Erzählung
Roman

Der Bauch der Schönen Schwarzen
Krimi

Die violetten Briefe
Drei kriminelle Novellen

EDGAR ALLAN POE
Die Detektivgeschichten
Aus dem Amerikanischen von Hans Wollschläger

SIR ARTHUR CONAN DOYLE
SHERLOCK HOLMES
WERKAUSGABE IN NEUN EINZELBÄNDEN
NACH DEN ERSTAUSGABEN NEU UND
GETREU ÜBERSETZT

EINE STUDIE IN SCHARLACHROT
Romane Bd. I.
Aus dem Englischen von Gisbert Haefs

DAS ZEICHEN DER VIER
Romane Bd. II.
Deutsch von Leslie Giger

DER HUND DER BASKERVILLES
Romane Bd. III.
Deutsch von Gisbert Haefs

DAS TAL DER ANGST
Romane Bd. IV.
Deutsch von Hans Wolf

DIE ABENTEUER DES SHERLOCK HOLMES
Erzählungen Bd. I.
Deutsch von Gisbert Haefs

DIE MEMOIREN DES SHERLOCK HOLMES
Erzählungen Bd. II.
Deutsch von Nikolaus Stingl

DIE RÜCKKEHR DES SHERLOCK HOLMES
Erzählungen Bd. III.
Deutsch von Werner Schmitz

SEINE ABSCHIEDSVORSTELLUNG
Erzählungen Bd. IV.
Deutsch von Leslie Giger

SHERLOCK HOLMES' BUCH DER FÄLLE
Erzählungen Bd. V.
Deutsch von Hans Wolf

sowie

SHERLOCK-HOLMES-HANDBUCH
Conan-Doyle-Chronik. Die Plots aller Stories. Who-is-who in Sherlock Holmes.
Holmes-Illustrationen. Holmes-Verfilmungen. Karten, Fotos etc.
Herausgegeben von Zeus Weinstein.

Der Rabe

Magazin für jede Art von Literatur –
üppig bebilderte Taschenbücher, begründet und
herausgegeben von Gerd Haffmans, Umschlagzeichnungen
von Friedrich Karl Waechter, F.W. Bernstein, Almut Gernhardt,
Nikolaus Heidelbach und Volker Kriegel